Claudia Llerena

El Último Castillo Azul

Un viaje al corazón del planeta...

Si eres la estrella,
¿para qué dejar de iluminar?

Despierta, ya el sueño está
a punto de volverse realidad…

Sigue al Sauro y no te detengas,
que el corazón palpita al unísono
contigo y te impulsa a llegar.

Y si encuentras el *Castillo Azul*,
por favor cuídalo, que es la
última oportunidad.

Claudia Llerena

El Último Castillo Azul

Un viaje al corazón del planeta...

Consejo Editorial

Autora y editora
Claudia Maria Llerena Arce
Primera edición 2016

Portada e ilustraciones   Hugo Martinez Acuña
Diseño gráfico   Luis Diego Brito Telles
Fotografía portada   Tessa Yarhi

Sitio web: www.claudiallerena.com
Blog: blog.claudiallerena.com
Correo electrónico: claudiallerenaa@gmail.com

863
LL791e   Llerena, Claudia, 1957-
    El último castillo azul / Claudia Llerena. --1a.ed.—
sv   San Salvador, El Salvador. : (s. n.), 2008.
    225 p. ; 22cm.

    ISBN 978-99923-70-74-2 (impreso)

    1. Novela salvadoreña. 2. Narrativa salvadoreña.
    3. Literatura salvadoreña. I. Título.

SAN SALVADOR, EL SALVADOR, C.A.
2017

Hay un claro sendero hacia *El Último Castillo Azul*, libre
de manchas y fluido en el Amor, donde convergen
los nobles espíritus de los Universos y de La Creación.

Allí mora Sam y Asallam. Despierta el Sauro
lleno de alegría a nuestros sentidos y entramos en
contacto con el señor Destino, con quien Krita dialoga
y define ese paso trascendental a dar.

Y en algún lugar personal, colectivo, universal, cobra
vida una alquimista. Hay una guerra. Vive Dundra y
surge KhUBA, y alguien porta un anillo especial de
corazón o un prendedor de flor. Pueda que también un
rosal esté a punto de florecer y que alguien como una
amapola, decida emigrar antes que desaparecer…

Pero en un único lugar, una estrella fugazmente nos
transporta al Salón de Honor, donde se lleva el registro de
la huella que cada Ser imprime. Un castillo interior y
colectivo donde los más elevados ideales se pueden
alcanzar, aunque la plaga del imperio del mal y la
privación de libertad, nos intente arrasar…

6

Dedicatoria

Para el unicornio que se adentra en los confines
del espacio y en mi corazón.

Para el sauro que es tan maravilloso y alegre
como mis hijos, para ellos, es este Gran Castillo,
y para sus amapolas que crecen vibrantes y
plenas de color…

Y para ti, que trazas tu Destino e imprimes tus huellas,
este abrazo eterno te lo damos con KhUBA, los dos.

Una aproximación

El Último Castillo Azul, nace con profunda convicción para inducirnos a ser protagonistas de un mundo donde se aprenda a convivir en paz. Pretende ayudarnos a interiorizar la fantasía en nuestros mundos reales y ser una guía hacia los valores que son fundamentales para contrarrestar los actos inconscientes de la época tan crítica que se vive. Su pedagogía constructiva nos induce a utilizar la imaginación activa como una alternativa saludable para operar en medio del escepticismo que impera en el planeta. Su trama busca transformar el mal que acecha, sin recurrir a las armas que maltratan, ni a las guerras; como también cambiar ese mundo tan frío, donde el exceso de apego a lo concreto, a lo tangible y a lo material, han matado a esa entidad que con urgencia debe rescatarse.

Su contenido hace brotar en Krita, a ese niño interior superior que debemos hacer crecer dentro de cada uno de nosotros. Los personajes que acompañan a este personaje central, representan arquetipos a los que se les ha de dar importancia para sentar las bases de un mundo donde se conviva en armonía. A través del espíritu que mora en

El Último Castillo Azul, así como del perfil de sus protagonistas, se desea viajar al alma del público para entablar un diálogo trascendental con sus valores y con lo que puede ser posible para cohabitar en un mundo consciente donde se erradiquen la inconsciencia y la violencia y se conviva en Paz.

Ante el desconsuelo que acongoja la vida del planeta y la inconsciencia colectiva que acrecienta una hecatombe, surge Krita, una niña terrícola, quien, ayudada por el noble espíritu de la Naturaleza, es recluida en un lugar misterioso para protegerla de los efectos nefastos que ha ocasionado el imperio del mal.

Ha transcurrido el tiempo viviendo completamente aislada de lo que circunda en el mundo exterior y ha sido acompañada por Dundra, el arquetipo de lealtad. Y mientras los malvados han destruido lo que a su paso han encontrado, día a día recibe de su amigo el gorrión la dulzura que en la Tierra hace falta para una nueva convivencia. También le acompaña una alquimista, quien se ha propuesto la tarea de nutrir con su néctar la existencia, mientras que la ardilla con sus peripecias alegra la vida de esta Krita, que es digno ejemplo a seguir.

Cierto día logran entrar en contacto con la tragedia que ha acaecido en el planeta y en su abrumador recorrido se encuentran con KhUBA, quien es el prototipo del Amor representado en un niño que camina al lado del Señor

Destino. Y poco a poco van surgiendo recorridos, dulces acompañantes, férreas luchas a favor de la ecología, la equidad, la Paz y diálogos moralizadores y pedagógicos consecuentes con la misión de sanar el corazón de este planeta que a pausas muere de tristeza.

Glosario de personajes

Krita: Es una niña terrícola que retoma la tarea de salvar a su planeta de la maldad y de la destrucción que la acechan. Simboliza el bien. (Su nombre en sanscrito significa hecho, obra, acción).

Anciana: Es el espíritu protector del planeta Tierra. El alma de la naturaleza luchando por su existencia. Son los instintos de vida. Simboliza el equilibrio.

Dundra: Prototipo de lealtad, de empatía y de compañía incondicional, personificados en un can de aspecto místico.

Señor Destino: Son los constructos sólidos a superar y la sabiduría ancestral a respetar, los que se proyectan en un sabio Ser de tez morena oscura y de barba blanca enrollada, quien induce a Krita a obrar con su propia consciencia recordándole que ella es la arquitecta de sus propias consecuencias.

KhUBA: Representa las expresiones más elevadas del Amor y de la ternura universales, los que se reflejan en un niño de piel blanca y de cabello rojizo. (Su nombre en arameo significa forma profunda de afecto. Criatura a la que se ama y respeta por ser el Amor).

Amapola: Especie en peligro de extinción que toma una decisión trascendental y símbolo de responsabilidad, de integración y de equidad entre las razas, la que se tipifica en una flor en estado de gestación.

Sam: Prototipo del alma pura y de la consciencia colectiva. Representa la libertad, además de que es sinónimo de prosperidad y de esperanza. Todos estos atributos le pertenecen al único unicornio alado que ha existido en la creación, quien además de poseer ojos esmeralda, tiene un color muy singular. (Su nombre en sanscrito significa perfectamente hecho. Simboliza la prosperidad).

Los unicornios viven del Amor y de la pureza de los sentimientos. Se dejan ver solamente por los corazones puros. (Según la mitología, Asallam fue el primer unicornio que existió, quien con su cuerno hizo florecer prosperidad sobre la Tierra). En *El Último Castillo Azul,* **Sam**, es el nieto de Asallam. Es resistente a la magia, a los venenos, a los hechizos y con su cuerno sana las heridas.

Sauro: Caracteriza la alegría y la responsabilidad. Es una especie casi extinguida en el planeta, la que es representada por un pequeño dinosaurio que posee alas, ocico achatado, dos patas cortas y es de pequeña estatura. Simboliza la felicidad.

Roca magmática: Es sinónimo de protectora. Conoce los grandes secretos. Es una roca de mediana estatura y de características magmáticas, la que se encarga de guardar de la maldad, a los Seres que luchan por el bienestar de la humanidad.

Castillos Azules: Ideales elevados a alcanzar, los que flotando en el espacio encierran distintos universos paralelos entre los cuales uno de ellos posee los registros del planeta Tierra. Simbolizan la Paz.

Estrella fugaz: Solidaridad, empatía y rapidez, las que caracterizan a una estrella fugaz de cinco picos.

Rhom: Espíritu transparente y vivificador de las aguas dulces. Representa la pureza que hay que reconquistar.

Reptiloides: Imperio del mal. Vicios e ingratitudes. Plagas de la humanidad. Bajas pasiones e instintos de muerte. Simboliza lo que debe transformarse en la Tierra.

La voz del prendedor: La verdad incuestionable. La voz de la consciencia.

Anillo de corazón: La madre interiorizada, quien nos acompaña y reafirma las nobles acciones

Joven de alma bondadosa: Modelo digno a imitar.

Ardilla: La privación de la libertad. Símbolo de los **secuestros** que existen en la Tierra y víctima de la maldad que acecha a una parcela significativa del planeta.

Gorrión: Producto de su imaginación, representa la dulzura y la paz que tanto anhelamos.

Abeja: La sanadora y **alquimista**, quien transforma lo que rocía con su miel. Simboliza la transmutación.

El ruiseñor se niega anidar en la jaula,
para que la esclavitud
no sea el <u>destino</u> de su cría.

Kahlíl Gibran

Índice

Todo cambió.

*D*esolador…, así es como describo el estado anímico exterior. Y es que todo cambió tan de repente. Fue tan intempestivamente. Incluso aquel gorrión que solía cantar al lado del balcón ya nunca más se escuchó. Tampoco volvió a llegar la ardilla dando saltos a recoger las nueces del castaño. Ni se oyó el silbato de quien cada mañana repartía el pan. Nadie trotó en las aceras aledañas donde en las tardes solían cotorrear las señoras envueltas en sus chales de buena lana. Ni tan siquiera el alguacil se levantó. La máquina del sastre laborioso no arrancó. Ninguna puerta del vecindario se abrió. El condado ha quedado completamente aletargado; mientras aquella enredadera de flores blancas teje su telaraña encubriendo con su manto verde oscuro, aquellas casas de piedra de la aldea donde fuimos tan felices...

Muchos años han transcurrido desde entonces y en esta mañana cuajada de bruma que no alcanza a despertar nunca, resuena entremezclado entre el viento un eco que golpea fuertemente; tan estridente es, que parece penetrar a mi hogar. Al percibir su sonido me recuerda el rebote de docenas de pelotas de todos los colores y tamaños con las que solíamos jugar, el mismo eco que ha quedado incrustado en la memoria del condado y aunque han pasado los años y el panorama es otro, por momentos pareciera que las risas de los niños se aproximan más y más. Tanto, que al escuchar un soplido al lado de mi ventana corro para ver si son ellos los que me han venido a visitar y al notar que es tan solo una ilusión, regreso a mi cómodo sillón con la esperanza de que algún día volverán… ¡Días aquellos los que quizás nunca más regresarán! Memorias gratas e ingratas que me remiten a un ayer.

Mientras le pido al viento que se quede un poco más, para que recordemos con su brisa el sonido similar al de las risas que se solían escuchar; mi compañera ha emitido un ladrido creyendo que toca a la puerta un peregrino. Cuando compruebo que es tan sólo una corriente del fuerte ventarrón, aprovecho la ocasión para pedirle: "Viento, no te retires por favor… Hazme sentir esa energía tan parecida a la que ellos hace mil años solían replicar, la que han dejado en la galaxia entera con su animado rebotar. Retén sus rostros de alegría cuando al cachar las bolas mágicas que daban mil vueltas flotando sobre ti, emanaba un sentimiento que cautivaba al mundo que solía circundar. Si lo has grabado en tu memoria y lo capturas, recuerda que hacían sonreír al alguacil. También, a aquel maravilloso Ser, quien con su bastón llegaba al parque cada tarde a respirar el aire fresco que el ancestral sauce nos solía regalar. Recuerda cuando las golondrinas hacían un festejo al presenciar el corretear de niños y de niñas para cachar sus lindas borlas que parecían tener alas y volar. Y más aún, mantén el sentimiento que a todos embargaba cuando sonaba la campana de aquel sonriente vendedor de helados, quien nos llevaba una nueva ilusión regada de una salsa de fresa que hacía palpitar nuestro pequeño corazón".

En aquel entonces todo parecía tan tranquilo en la comarca… Las antiguas fuentes situadas en medio de las plazas eran alrededor de las cuales solíamos presenciar los conciertos de violín y de acordeón. También llegaban los coros de niños y de niñas a entonar unos cánticos sagrados y cuando esto sucedía, toda la ciudad se detenía para admirarlos. Los fines de semana se podía disfrutar de docenas de artistas, los que con finos pinceles solían dibujar la belleza de aquel lugar. Había quienes captaban portales repletos de una primavera que florecía perfecta. Otros se dedicaban a plasmar la puesta de un sol rosado al lado del palacio. También los había, quienes preferían retratar las casitas de piedra cuajadas de enredaderas; los que usualmente eran escenarios que solían dibujar entre los faroles de gas que iluminaban a las noches tan serenas. Alrededor del reinado se podía presenciar a quienes captaban en finos lienzos la vida de la comarca, la que realmente era tan grata. Y por supuesto no faltaban aquellos que se concentraban en retratar a los escritores en sus faenas, a quienes se podía apreciar con sus tinteros derramando en finas plumas de ganso, los escritos que solían declamar entre las bellas esculturas del puente colgante que besaba a un río transparente, donde los cisnes como aletargados adornaban naturalmente.

"¡Deténte viento… no exhales un momento! Que, si lo haces, te llevarás cada recuerdo que ha venido a visitarme este día memorable. En esta dulce ráfaga que has sostenido, me encuentro rememorando a quien pintaba su carita de chocolate, a quien vestía un traje de colores y unos zapatos que al caminar nos producía a los presentes un espontáneo carcajear. A aquel payaso, quien con sus gracias y acrobacias nos hacía bailar al compás de un ritmo que invitaba a danzar. Él nos decía adivinanzas que era difícil poder adivinar y solía narrar historias que a todos nos causaban tanta gracia. Contiene el aire, todavía no vayas a soplar; que, si lo haces, no las podremos rememorar. Y si sostienes este momento existencial, me harás vivir aquel pastel repleto de turrón que, al recordar, sella esto tan mágico que me visita hoy. Por favor tifón, conserva esta corriente de aire cargada de recuerdos. Aún nos falta evocar cuando abríamos lindos regalos que todo el vecindario nos solía obsequiar cuando agregábamos al calendario un año más. Siempre brotaba de un paquete lindamente arreglado, una cajita de música donde nos saludaba un arlequín o una bailarina danzarina y aquel tren que alrededor de la pequeña pista, nos invitaba a subir… También habían libros de cuentos mágicos donde el palacio quedaba bajo un hechizo temporal y el más valiente los llegaría a rescatar. Y entre tan lindos presentes, había uno redondo que sin abrirlo comenzaba a

saltar, para llevarnos hacia aquel parque que hace tantos
años se quedó atrás…".

De tan bellas pinturas que los artistas llegaban a pintar,
mi madre en mi equipaje colocó un par. Sin duda alguna
las puso en mi maleta pensando que con ellas me iba a
recordar de todos los detalles que de niña solía disfrutar…
"Aquí se ve una multitud de cajas repletas de naranjas, de
pomelos, de duraznos; también se logra apreciar a una
señora vendiendo unas largas trenzas de pan, las que
tibias y recién acabadas de hornear solíamos comprar y
degustar. Esas porciones tibias de buen pan eran la
tentación a tempranas horas de papá, quien las bañaba
con una mermelada de naranja que alegraba mi paladar. Y
luego de deleitarnos con esa exquisitez, salíamos a dar el
paseo matutino donde poco a poco veíamos que
despertaba la ciudad: '¡Buen día tenga usted!'; '¡Muchas
gracias por sus buenos deseos, así lo tenga al lado de su
linda familia!', frases tan agradables que me remiten a un
ayer… Y mientras Dundra emitía con sus ladridos la
misma serenata cuando veía al gato de Mariana, situado
frente a la ventana, los canales de agua clara entonaban
una melodía mañanera al lado de las casas creando una
resonancia de ritmos mágicos, que sintonizaban a la
pequeña comarca. En este lienzo se puede ver al vendedor
de conservas, quien muestra una variedad de dulces de
todos los colores y tamaños, los que cada domingo y
desde muy temprano salíamos a disfrutar. En este espacio
de la linda pintura que sostengo entre mis manos,

sobresalen las grandes maquetas de quesos, las que rápidamente reducían de tamaño y antes de que cayera la tarde, desaparecían por completo. '¡Guau, guau!'. '¿Las extrañas, Dundra? La verdad que yo también…'. Al centro del mercado dominguero se pueden apreciar los volcanes de huevos frescos que usualmente preparaban para desayunar. A veces escogían de estos colorados de gallina y en ocasiones, llevaban de los de codorniz, los que se logran distinguir al lado de los baldes de flores de colores que podemos ver decorando ese entorno tan mágico. Y hablando de ellas, ven y olfatea Dundra, aquí puedes sentir el perfume de los lirios ambarinos que capturó el pincel maravilloso de su dibujante, quien le agregó su propia esencia, la que si percibes se distingue de la que podemos experimentar cuando nos acercamos a admirar los tulipanes de todas las tonalidades. Y un poco más allá, al fondo del angosto callejón, al lado del ventanal que tiene un rótulo de confites, se logran apreciar los más exquisitos postres. Por cierto Dundra, mi predilecto era el cubierto de betún de chocolate y en segundo lugar, lo era el de un extracto de vainilla con olas de turrón sobre las que navegaba mi ilusión. Rememorarlos hoy, me ha generado una dulce sensación. Pero ven, no te vayas Dundra, que todavía falta mucho que observar… Si detenemos la mirada un poco más allá, podremos apreciar como el pintor cubrió de oscuridad esta pequeña parte de la pintura que sostengo entre mis manos; la que en tonalidades apagadas, contrasta con la exuberancia de los colores que seleccionó. Aquí se observa una fracción de la desesperanza que poco a poco empezaba a llegar de las ciudades grandes y a brotar en ciertos rincones aledaños a la comarca. En esta escena se ve a dos niños que no había visto antes, la más pequeña se toca el corazón y el mas grande, de aspecto desgarrador, despierta mi compasión. '¿Cómo es posible que los hayamos pasado desapercibidos la última vez que vimos contigo este retrato? ¿Adónde te diriges Dundra? Sé que desgarra el alma, pero ven, no te vayas, afrontemos unidas esta pesadilla'. — Y mientras mi fiel amiga perruna se esfumó, me quedé quieta en el sillón observando más a fondo la pintura —. Sentí dolor al verlos marginados en una esquina lúgubre y desolada, e imaginé la vergüenza que sentían de tener que pedir para poder vivir y la tristeza me invadió al darme cuenta de que mientras pedían limosna con sus pequeñas manos extendidas, nadie de los habitantes se había detenido a preguntarles: ¿qué es lo que necesitan…? '¿Qué traes en tu hocico Dundra?', cuando descubrí que era un trozo de pan, el que colocó en esa parte de la pintura para mitigar el hambre que tenían… '¡Eres fantástica Dundra!', todos deberíamos tener tu sensibilidad".

Recuerdo que la chimenea de mi antigua aldea eternamente estaba encendida y llegaban frente a ella, a conversar. A veces era el rey, quien alarmado narraba a mi familia la situación que acontecía en su palacio. Y mientras empezaba a narrar lo que acabo de contar, Dundra lanzó su característico: "¿Guau, guau?", deseando saber más, ante lo que le respondí: "Bueno Dundra, creo que la preocupación de él, se debía a que un invasor le quería robar sus lindas tradiciones, nuestras pertenencias y nuestra identidad, lo que a todos nos tenía con un hondo sentimiento de intranquilidad". "¿Guau?". "¿Qué cómo era él?", deseas saber. "Recuerdo que él solía usar una capa de fino terciopelo azul y sobre su robusto cuello, colgaba una linda estrella a manera de prendedor, la que con cada movimiento que hacía, lanzaba destellos de luz. Era de alma generosa y su amabilidad para con todos los habitantes legaba a la ciudad mucha paz". "¡Guau, guauuu!", insistentemente y con un gesto de tristeza volvió a ladrar, ante lo que le respondí: "Efectivamente como lo mencionas Dundra, es una dura realidad. Una gran parte de la historia de la humanidad se define por querer despojar y los abusos de poder han generado gran pesar". "¡Auuu!", tristemente aulló. "Tienes razón", y continué mi narración.

En otras ocasiones llegaban los de la corte, quienes agobiados nos visitaban para desahogarse. Eran amables y siempre que podían me llevaban confites, los que compartía con mi amiga inseparable. Narraban su temor de caer en las garras del reino del invasor, quien había jurado y perjurado que los haría prisioneros el resto de sus días, pues la fidelidad de ellos, ante el rey, había sido puesta a prueba no habiéndolos dejado penetrar al condado donde casi todos vivíamos en un ambiente de hermandad. También a veces nos visitaba el sacerdote, quien se sabía lo que vivía cada núcleo familiar y al escucharlo conversar con mamá y con papá, me daban ganas de emigrar y de llevar conmigo a mis juguetes y salvarlos de lo que iba a suceder. "¿Guau?", con su característico ladrido me cuestionó. Y a continuación le interrogué: "¿Quieres saber lo que decía? Está bien Dundra, a grandes rasgos te lo contaré. Ellos conversaban que parecía avecinarse un episodio ingrato donde los hombres iban a laborar largas horas alejados completamente de sus hogares; mientras que las mujeres y los niños iban a ser explotados sin remuneración justa. Lo que iba a suceder según él, era que de la explotación de muchos, unos pocos vivirían en un imperio sin piedad hacia los demás". "¡Auuu, auuuuuuu…!". "Sí, lo sé Dundra, es una parte muy dolorosa la que vaticinaban que vivirían las familias y la humanidad. Así que como comprenderás, antes de que eso sucediera yo soñaba con emigrar y mi sueño me condujo hasta aquí y ahora no sé como salir de este lugar". Al terminar de hablar y en señal de solidaridad, mi amiga perruna me extendió su pata delantera derecha, la que colocó sobre mi mano izquierda. Y con su ladrido peculiar me preguntó: "¿Y qué más sucedió?".

"Bueno Dundra, acababas de nacer cuando casi a diario aparecían en mi hogar niños y niñas, quienes llegaban a mi aldea a escuchar famosos cuentos que habían recorrido el mundo entero y los que por lo general eran narrados por la abuela, quien nos hacía soñar con que unidos liquidaríamos al que se atreviera a usurpar la paz… ¿Y ahora qué quieres decir con los movimientos de tu rabo? No te entiendo Dundra… ¡Ahhh! ¿Será que después de todo lo que ha ocurrido todavía crees que pudiera ser verdad lo que la abuela nos inducía a realizar?". "¡GUAU!". "Ojalá fuera posible lo que piensas Dundra y aunque creo que eres idealista, la verdad es que lo quisiera poder lograr, aunque han transcurrido tantos años y no sé si aún existen niños con quienes pudiésemos unirnos para restaurar la paz". "¡GUAU!", con énfasis me respondió, como queriendo decir: "¡Sí los hay!"; ante lo que le pedí: "Olfatea sus presencias y llévame hacia donde se encuentran. Tengo tantos años de querer encontrarme con algún niño". Y al escuchar mi petición, con evidente tristeza se echó sobre la alfombra y una lágrima le rodó sobre su mejilla, la que al notar sequé con la esquina de una mantilla que la abuela me obsequió. Luego de permanecer calladas durante cierto rato, se levantó y pronunció: "¡Guau, guau!", deseando que continuara nuestra conversación.

"Recuerdo que generalmente los días domingo aparecía el zapatero, quien con su fino arte y amable carácter nos hacía salir a probarnos los nuevos estilos que creaba para nosotros. Lucir en el parque sus lindos y suaves zapatos era un honor para todos. Solía hacerlos muy finos, los que elaborados a mano muy orgulloso nos mostraba y al hacerlo nos conversaba sobre la calidad de ellos. Aunque apesarado lo recuerdo un día, cuando llegó a contarnos sobre una dificultad que encontraría. Nos dijo que a poca distancia de su hogar había aparecido una bruja, la que como por arte de magia hacía surgir de la nada docenas de zapatos a la medida de quienes los solicitaban. Rememoro la tristeza que sentí al escuchar que aquella malvada y sin piedad, lo dejaría en la pobreza". "¡Guau, auuu!". "Sí Dundra, es muy triste su historia. Además, nos narró que la hechicera le había lanzado una competencia tan desleal a su amigo el artesano, que vivía a su lado, la que lo colocaría en la penuria total. También de vez en cuando tocaba a la puerta el cirujano, quien comentaba agobiado la situación del hospital que había en las cercanías. La falta de medicamentos para sanar a esa multitud de enfermos que arribaban desde lejos y la carencia de recursos para curar tantas epidemias lo colocaban ante una situación sin precedentes". "Tienes razón al taparte las orejas Dundra; yo hice lo mismo que tú haces ahora". Recuerdo que aquella tarde jugaba en medio del jardín, cuando desde la ventana que daba al lugar donde me encontraba, escuché la voz de él conversando con mis padres. Era tan horrendo lo que narraba… Decía que operar a tanto lisiado que arribaba desde lejos al hospital, lo colocaban en una tragedia abismal que ya no podían afrontar un día más".

"¿Guau, au?". "Esta bien Dundra, te seguiré narrando otra parte de lo que ocurrió. Había fines de semana en los que nos visitaba la maestra, quien apreciaba mucho a mamá. La verdad es que ella era su mejor amiga desde la infancia y para mí, era alguien excepcional. Cuando ella llegaba, la casa se iluminaba pues era de carácter muy jovial y solía cantar muy lindo; tanto así que yo dejaba lo que estaba haciendo para ir a escucharla. En una de sus últimas visitas a nuestro hogar, recuerdo que llevaron sus tazas de café a una pequeña estancia de la casa, en la que siempre había algún juego de mesa que solíamos departir. Sin embargo, rememoro cuando aquel día le dije: 'Es hora de jugar' y ella me respondió: 'Vuelve dentro de media hora por favor', lo que en ella era inusual. Y acababa de retirarme para ir a buscarte — apenas eras una linda cachorra —, cuando logré escuchar que hablaban de algo que me retuvo cerca de aquella estancia donde bebían del café que siempre solían hervir cuando alguien visitaba nuestro hogar. La oí conversar con mamá y todo lo que recuerdo es cuando con su voz entrecortada le decía que el irrespeto, las violaciones y la pérdida de valores poco a poco iban llegando para internarse en el mundo de la escuela; a tal punto que muy pronto llegaría el día en el que nos íbamos a encontrar con una ola de violencia y de anti valores que iban a aniquilar a la niñez. Cuando la escuché pronunciar aquella dolorosa y tan probable verdad, decidí salir a pasear contigo alrededor de la aldea donde todavía se respiraba aquel ambiente de armonía. Aún retengo en mi memoria el caudal de agua clara que nos bordeaba y la frescura que emanaba de aquella arboleda milenaria... Las pelotas de color que reviraban entre las ardillas que saltaban y la imagen alegre del escritor que vivía a pocos pasos de mi hogar y quien en medio de un vergel de rosas situado al centro de su místico jardín, solía escribir las más exquisitas prosas. Lo rememoro absorto en su mundo, tan ajeno a todo lo que circulaba a su alrededor y con mucho amor parecía grabar con su pluma una ilusión, hasta que vino aquel hechizo que a todos imposibilitó.

Cuando las rosas vuelvan a germinar.

Largos años han pasado, tengo un vago recuerdo de cómo fue que llegué hasta aquí... Acababa de soplar las siete velas de mi sabroso pastel de betún café, cuando después de hacerlo nos visitó una señora mayor muy dulce. Ella llevaba un atuendo muy largo en tonos de lila, mientras su sombrero mostraba una siembra de pequeñas flores de varios colores, la que armonizaba con su vestimenta. Su risa era tierna, sus ojos reflejaban un brillo amarillo, sus zapatillas y chal, me recuerdan el tono crema de las perlas. Me obsequió un paquete con los más esponjosos malvaviscos, entre los que encontré unos lápices de colorear con los que empecé a dibujar, mientras ella entró a mi hogar para dialogar con mamá.

Como por arte de magia tracé unas casas, las que más bien parecían grutas de una piedra muy lisa. De una se desprendía un humo continuo que salía de la linda chimenea que la adornaba y al lado de una pequeña ventana había un inmenso jardín con siembras extensas de rosas; las que al terminar de colorear, me dejaron sentir su delicioso aroma. La otra vivienda de piedra caliza estaba situada en el centro de una poblada siembra de helechos, los que al enrollar sus largas hojas parecían refugiar al lado de un recóndito manantial, a una ciudad de minúsculos seres alados. Al acercarme hacia ellos, para poderlos apreciar mejor, sucedió que el de traje azul y de gorro con borlas, con un gesto muy serio se me aproximó. Al estar frente a mí, tomó un ramo de orquídeas con el que selló cual si fuese una cortina, la posibilidad de conocer más acerca de sus vidas...

Mientras dibujaba el tercer hogar situado en el oeste, una golondrina se detuvo sobre su techo exclamando: "¡Qué linda morada donde he de habitar!". A continuación observé que alguien abrió la puerta a través de la cual apareció un niño tocando un sitar y conforme lo hacía, pude apreciar su encantadora melodía. Lucía una túnica naranja y al lado de él, andaba un pequeño elefante ataviado con un bello traje, quien con su trompa se encargaba de interpretar los bajos que nutrían una linda sinfonía. Al terminar de ejecutar aquella música, se detuvo unos instantes para mirarnos y al cabo de unos segundos de observarnos me preguntó: "¿Qué has hecho para que tu morsa sea tan peluda?", mientras miraba a Dundra. Cuando ella escuchó lo que le decía, ladró y con sus ladridos de reclamo los asustó tanto, que salieron corriendo a refugiarse entre la espesa selva, mientras nosotras nos echamos a reír. Fue gracioso ese episodio y cuando seguidamente trazaba el arco de flores amarillas de la entrada de la cuarta vivienda, apareció merodeando una graciosa ardilla, la que al terminar de colorear se movía ágilmente. Con un lápiz de fresa dibujé un gracioso gorrión, el que al terminar de pintar alzó su vuelo veloz. Tracé una abeja, la que colocó gota a gota de su rica miel dentro de esta cajita que me obsequió. Todo esto sucedió mientras la señora conversaba con mis padres en el jardín interior y al cabo de un rato, cuando volvieron a llegar a aquella maravillosa estancia donde soñaba con poder volar como el gorrión, mi madre dulcemente me llamó.

"Hijita, vamos a tener que dejar nuestra casa y nos retiraremos por un rato de la comarca". Me dijo que tendríamos que emigrar de ese lugar porque se avecinaba un peligro fatal. Mencionó que los adultos irían a refugiarse a una aldea vecina y que estarían bien; mientras que a mí me llevarían a un lugar donde iba a estar a salvo. Recuerdo que me dijo que podría llevar conmigo a Dundra y a algunos de mis juguetes más queridos, ante lo que muy asustada y triste le pregunté: "Pero ¿cuándo los volveré a encontrar?", mamá me respondió: *"Cuando las rosas vuelvan a germinar…"*. Fue cuando intuí que sería a las pocas semanas porque al volver mi vista hacia el jardín, noté que habían crecido después de haber sido podadas y que dentro de pocos días empezarían a brotar.

Antes de separarnos, mamá empacó en este bonito baúl mi equipaje. Escogió mis mejores atuendos, también

envolvió mis confites predilectos, los que de uno en uno
terminé en aquel viaje que me trajo hasta aquí. Puso el
chal de buena lana que me tejió para los días de invierno.
Colocó una pluma para escribir, la que guardó
delicadamente en un estuche de color carmín, al lado de
botes de tinta azul y de algunos pergaminos de papel
blanco de lino. Guardó entre mi ropa algunas pinturas
familiares que los artistas de la plaza habían plasmado de
nosotros: "En esta se ve a mamá muy sonriente, si la
notas, su risa refleja un momento de su felicidad habitual.
Y es que ella, usualmente, amanecía haciendo sus
ejercicios y luego de meditar abajo del imponente
aceituno, empezaba a hacer el desayuno que
disfrutábamos en familia. Aquí está papá con su sombrero
de copa predilecto y con sus gafas un tanto gruesas de
tanto leer, además de escribir lindos versos y de ser
profesor en la universidad, atendía a sus pacientes pues
era médico de profesión. La abuela es quien luce el traje
naranja, verde y blanco de encaje, que con sus hábiles
manos tejió y nos remite al color de su bandera, si
minuciosamente observamos el listón de tréboles que
adorna su cuello y bolsas. Si la observas, sostiene un libro
del que solía narrarnos los más bellos cuentos, los que al
escuchar nos hacían viajar más allá. Al lado de ella se
encuentra el abuelo, quien usualmente solía contarnos
historias hermosas de sus largas travesías por el mar. Él
es quien sostiene la pata de Dundra, quien luce orgullosa
la linda bufanda rayada de blanco y verde — los colores
predilectos de su bordadora —. Dundra parece un carbón

y sus grandes bigotes y ojos se esconden por entre la selva de pelos que brota sobre ellos. Sus largas orejas se elevan terminando en puntas y su cuerpo esbelto y largo, a veces asusta a quienes se acercan sin tocar a la puerta para saludar. La pintura muestra al lado del arco repleto de flores la entrada a mi hogar, donde los pajaritos se solían posar esperando que cada mañana les pusiéramos pelotillas de un alpiste que los hacía cantar de felicidad. **Y antes de partir, mamá me colocó este anillo con el símbolo de un corazón, que lleva grabada su voz**".

La chimenea de esta aldea se parece a la que había en mi casa de infancia… Desde que llegué hasta aquí ha estado ardiendo y pese a tanto tiempo, aún el fuego se conserva cual si ayer. Preparo brebajes de canela y de yerbas aromáticas, mientras el péndulo del reloj situado por debajo de la escalera de madera, nos ha anunciado un nuevo atardecer. Y mientras bebo un sorbo espumante de cacao, me viene el deseo de salir a regar las espinas que quedan del rosal que hace tantos años se secó y que no volvió a germinar… He deseado hacerlo tantas veces para que broten rosas que perfumen con su aroma, pero tengo fresco en mi memoria lo que me dijo aquella linda señora que me trajo hasta aquí cuando apenas era una niña. Ella fue clara al pronunciar: "**Aquí estarás siempre a salvo y nada malo te podrá ocurrir. Tu perra fiel te ha de cuidar, una ardilla te vendrá a alegrar al lado del gorrión que te deleitará y la alquimista te acompañará. No abras a la puerta Krita, a menos que cuando alguien la toque, aparezca en**

este dije que te doy una intensa luz violeta, a la que ha de seguir una melodía de arpa. Cuando esto suceda, será el momento de emprender".

Al sonreír, recuerdo que entre una aureola de luz dorada desapareció y no la he vuelto a ver. Y desde entonces vivo con mi fiel Dundra. La ardilla siempre ha venido a visitarme, salvo este día. El gorrión me arrulla por las tardes. La abeja alquimista de vez en cuando me acompaña; la chimenea arde y de ella brotan tortas de queso, empanadas de papas, galletas de avena, de naranja, y unos brebajes que al paladar resultan sumamente agradables. Sin embargo, pese a la alegría de la hoguera y a la compañía de Dundra, a la presencia de la ardilla y del par de amigos voladores quienes fielmente me visitan, hay algo en el ambiente del planeta que ha cambiado dramáticamente…

Mientras el viento agudiza aún más su voz y a través de la única ventana que hay alcanzo a ver que los árboles no han logrado recuperar el follaje que tenían cuando llegué hasta aquí; hay una sensación de soledad abismal afuera de mi hogar y las rosas no han vuelto a germinar… Y es que, después de aquel sonido ensordecedor que aconteció en el exterior, me pareció que por un momento la vida en mi planeta enmudeció. Y luego de ese estado de estupor, la montaña cambió intempestivamente la gama de su color. Desde aquel día no había venido el viento a visitarnos, la naturaleza se apreciaba estática y aunque continúa lúgubre,

inerte y gime en oscuridad; al menos el viento se escuchó.
Pueda que su aparición sea el preámbulo de algo que
sucederá, que dentro de poco tiempo volveré a estar con
mi familia…, que podré disfrutar de mi delicioso pastel de
betún; que volveré a visitar aquel parque donde en las
tardes solíamos rebotar docenas de pelotas que subían y
bajaban a un ritmo alegre. Y es que verdaderamente anhelo
estar en la comarca al lado de ellos. Los extraño y quisiera
poder abrazarlos. Han pasado ya tantos años… la verdad,
ni sé cuántos.

Mi hogar era vibrante. Alrededor de la caldera olía a
yerbas aromáticas y a esencias. La vainilla sobresalía
dando un tono peculiar a los almíbares que se hacían.
También el rallo de limón sobre el turrón nos invitaba a
acercarnos los días sábado, cuando generalmente la tía
nos traía desde su granja la cosecha de una siembra que
brotaba coloreando la alacena de mi aldea. Oír el
traqueteo de su lindo carruaje anunciaba un presagio de
abundancia, de alegría, de los ires y venires a la cocina;
de escuchar frases que caían en gracia y de nuevo, la
posibilidad de jugar con ella a las escondidas. Usualmente
nos traía buenas nuevas que acontecían en los poblados
aledaños a su hogar, sin embargo, aún recuerdo su última
conversación cuando mencionó con voz nostálgica que mi
primo — mayor que yo diez años —, partiría de la granja
y que había venido a despedirse de nosotros. Ahora que lo
rememoro, creo que mencionaron que, aunque no se
quisiera ir, tendría que presentarse en el lugar que lo

esperaban y que le era imposible desistir. Así que, después de largo rato de charlar sin la alegría sabatina tan usual, se despidió de todos nosotros y sucedió que a los pocos días me trajeron hasta aquí.

Y mientras solía vivir las memorias de lo que aconteció en mi hogar, hace ya tantos años, hubo un sonido en la pequeña puerta que separaba mi morada del fuerte ventarrón. "De nuevo ha de ser el viento que ha de querer entrar", me repitió una voz interior. Sin embargo, esta vez volvieron a tocar. Lo hicieron más y más. Fui lentamente a indagar si era de verdad que alguien llamaba a mi hogar, aunque a pocos pasos de distancia me encontraba de la pesada puerta de caoba, cuando Dundra no me dejó avanzar. Por más que la intenté apartar, se interpuso de tal forma en mi camino que no pude continuar hacia la entrada. Un tanto frustrada subí a mi alcoba, donde encontré que el dije de oro y plata relumbraba un rayo rojo que lo hacía vibrar. Al acercarme hacia él, vi grabada en su centro la imagen de unos seres grotescos con túnicas marrón, quienes inspeccionaban mi morada desde su exterior. Abracé a Dundra y le dije "¡Gracias!", más de una vez. Al cabo de unos segundos me percaté de que alguien se acercaba al pequeño orificio de cristal, del que a diario y desde que llegué hasta aquí he observado el mundo fantasmal. Fue allí cuando inmediatamente me agaché al lado de Dundra, para que no nos pudieran percibir… Nos situamos por debajo de una mesa donde suelo escribir y mientras me colocaba el dije que acababa de tomar entre mis manos, pude alcanzar a divisar que en su centro aparecía la imagen de un rostro gelatinoso con ojos que lanzaban un líquido viscoso en forma de espiral; el que al arrojar sobre mi amiga la ardilla, la hizo caer en estado cataléptico. Cuando la vi así, me entristecí tanto de no poder salir a arrebatárselas y aunque Dundra me lamía para consolarme, también se echó a llorar junto a mí. Mientras ambas llorábamos desconsoladas, escuchamos unos pasos sobre el cielo de nuestra morada y casi simultáneamente, pudimos observar que al centro de mi dije se reflejaba lo que pasaba alrededor de mi hogar. Era como estar frente a una película que se filmaba afuera, la que se reproducía en mi prendedor para que la pudiéramos ver. Logramos captar que uno de los seres oscuros viscosos rondaba nuestra estancia y que la exploraba afanadamente por todos lados; también notamos que, en lugar de andar, saltaba y que cuando lo hacía, dejaba ver una cola muy larga, la que con cierta dificultad podía manejar. Noté que llevaba suspendido entre su largo cuello un trozo de masa oscura calcinada, del que recibía indicaciones precisas de cómo proceder. Pasó largo rato olfateando como buscando algo fresco que comer, hasta que después de esperar tanto tiempo, de saltar por encima de mi estancia y de pasar su larga lengua entre sus fauces manifestando ira al no encontrar lo que buscaba, les dio una orden a sus compañeros, con quienes se marchó. Era horrendo saber que nuestra amiga estaba entre sus garras y que no la podíamos librar de esas malvadas fieras.

Llorábamos desconsoladamente cuando nuestro amigo el gorrión nos llegó a tocar el pequeño cristal y lo hicimos pasar. A él lo habían querido atrapar debido a que su pequeña pata estaba rota y tenía residuos de esa sustancia que parecía ser grasosa. "¡Me duele!", entonaba con aguda exclamación, mientras suspiraba de tan intenso dolor. Inmediatamente lo tomé entre mis manos y al pasar cerca de la mesa donde se sitúa mi pequeña biblioteca, vi la caja de porcelana que la abeja cada semana viene a llenar con su sabrosa miel. Extraje unas gotas con sumo cuidado, se las froté con fe, repitiendo en voz baja: "Te sanará". Me asombré tanto al ver que rápidamente su pata herida recobró su aspecto normal y que aquel pajarito empezó a cantar. Al cabo de unos instantes, con Dundra nos pusimos a planear el rescate de nuestra amiga ardilla.

"Ya sé, lo haremos como la abuela nos narraba que lo hacía el príncipe que aniquiló aquel dragón". "¡Guau, guau!", solidariamente Dundra me contestó. "Quizás nos iremos volando entre el viento con la abeja y el gorrión, de los que nos bajaremos con toda rapidez para tomarla de su cola, burlándonos del malvado". Y al oír lo anterior, mi amiga hizo un gesto con su rostro, como diciendo no. "O pueda que en estos libros encontremos el secreto para deshacernos de ellos", expresé. Y así fue como tomé uno entre mis manos y lo empecé a revisar; mientras Dundra olfateaba con su hocico un ejemplar que colocó sobre los otros que yo empezaría a revisar. Ladró un par de veces como indicándome con impaciencia que lo abriera, y cuando lo hice, se abrió un orificio dentro de la primera página, en el cual nos adentramos las dos; aunque antes de hacerlo, **Dundra fue a traer una llave de cristal, la que al sostener voló para adherirse en la parte de atrás de mi dije de flor. Así que con Dundra, con el gorrión, con mi anillo de corazón y mi dije de oro y plata en forma de girasol y con la llave de cristal pegada sobre él, partimos los tres.**

¡Es tan grande como un elefante!

"¡Cuidado…!", exclamé. Cuando al lado de mis pies observé cual, si fuese un profundo embudo, un túnel profundo del que emanaba del líquido oscuro, el que parecía hervir y al hacerlo, lanzaba un olor putrefacto. Saltaron mis buenos amigos al escucharme, cuando simultáneamente oí que alguien expresó: "¡Qué horror!"; y al buscar de dónde provenía esa voz, vi que la abeja venía volando atrás de nosotros. Así que, al verla y escucharla me alegré y más aún de saber que puede hablar como lo hago yo. "¿Adónde llegaremos?", le pregunté. "No lo sé, pero debemos tener precaución y salir de este embrollo lo más rápidamente posible. Tenemos que tomar ese angosto camino que alguien afortunadamente ha trazado al lado, para no caer en ese hervidero fermentado", me respondió. Y mientras interiormente me interrogaba: "¿Qué encontraremos adelante?", continuamos nuestro recorrido con mayor cautela. El canal por el cual nos desplazábamos, además de putrefacto era tremendamente oscuro. A veces se escuchaba el eco de retumbos y había momentos en los que el sonido de un goteo que parecía ser espeso, nos hacía detenernos recordando aquellos viejos tiempos cuando la lluvia rondaba por la casa.

El profundo silencio que había, lo rompían nuestros propios pasos, los que parecían escucharse a distancia cual si un eco que podría delatarnos. Conforme avanzábamos, la oscuridad cada vez era más evidente y aunque encontramos algunas linternas a punto de extinguirse, aun así se nos dificultaba lograr ver más allá. Un nudo de murciélagos que surgió repentinamente nos asustó tanto, que nos hizo avanzar velozmente hasta encontrarnos situados frente a un inmenso redondel, del que se desprendían tres veredas que apenas se distinguían por la falta de luz. En algunos momentos dudamos acerca del camino que debíamos seguir y finalmente nos decidimos avanzar unos cuantos pasos hacia el que teníamos en frente de nosotros. A medida que nos adentrábamos más, empezamos a escuchar un sonido que emanaba desde la profundidad de la caverna oscura; eran voces de gemidos los que conforme penetrábamos se acercaban más y más.

De pronto mi dije empezó a vibrar y proyectó una imagen que me mostraba al lado de Dundra, a punto de ser calcinadas entre las llamas; donde por cierto parecían preparar una especie de ritual. "Nos esperan y no nos podrán atrapar", afirmé, mientras la abeja enunció: "sus olfatos son agudos, así que es mejor salir de aquí cuanto antes". Mientras avanzábamos con la esperanza de encontrar un escaparate por donde escabullirnos, tomamos un atajo elevado por medio del cual logramos observar a distancia al grupo de los 'cola larga', quienes no se percataron de nosotros. Confirmamos que eran los mismos que habían atrapado a nuestra amiga ardilla, así que decidimos regresar al redondel, aunque al aproximarnos hacia un hueco por donde podíamos salir de esa oscuridad, nos encontramos con un gigante de la misma especie de los reptiloides, quien parecía custodiar la salida. Mientras pensábamos la manera de escabullirnos sin que él nos atrapara, nos escondimos entre un matorral agreste que nos encubrió hasta que se movió del lugar y pudimos desplazarnos lentamente hacia el sitio donde nos dirigíamos.

Al llegar al redondel, me volví a cuestionar: "¿Quiénes son?" y casi de inmediato, del dije me respondió una voz: "Son criaturas que se han alimentado de los vicios inhumanos, han crecido entre la violencia y gobiernan con oscuridad. Lo que quieren es inundar de esa suciedad a la Tierra y al alimentarse de esa grasa tan viscoza, la valoran sobre toda posibilidad. Para ellos, esa sustancia pegajosa es su amo y señor y sus aguas son pantanos donde reina el imperio del mal".

Después de escuchar aquellas palabras, decidimos volver a caminar hacia el centro del lugar donde finalizan los tres recorridos mencionados. Al lograr situarnos en medio de aquel redondel, encontramos algunos símbolos que rodeaban algo que parecía ser una gran escultura, aunque amorfa, por la capa de gran espesor de grasa que la encubría. A su alrededor habían siembras de cañones que escupían llamas que se dirigían hacia algún lugar donde sin duda alguna, aniquilaban las pequeñas poblaciones de Seres nobles que todavía viven en mi planeta. Cuando nos acercamos hacia la esfera que más bien parecía un planeta, notamos que la cuarta parte de su masa estaba insertada en ese inmenso hervidero: "¡Es tan grande como un elefante ó más grande aún!", exclamó la abeja; mientras el gorrión se escondió atrás de mí, temblando al solo verla y al notarlo abrumado, lo tomé entre mis manos para calmarlo y poco a poco dejó de estremecerse. Al cabo de unos minutos, nos aproximamos más hacia el gigante globo.

Cruzar las barreras de las grandes espinas que lo bordeaban hubiera sido un imposible, así que decidimos intentar hacerlo sosteniéndonos de nuestros amigos voladores. Alzamos el vuelo, aunque al cabo de un rato y por el excesivo peso de mi fiel amiga Dundra, la abeja desistió. "¡Me caigo!", con voz tenue exclamó. "¡Por favor, no sueltes a Dundra…!", le supliqué. Luego de unos instantes encontró una roca prominente entre tantas escupideras que reventaban repentinamente, así que, descendió para posarse sobre la misma. Cuando la piedra que las sostenía empezó a sumergirse por el peso de Dundra, velozmente la abeja se elevó. Esos segundos se convirtieron en una cruel pesadilla para todos y mientras mi angustia aumentaba a medida que la peña se hundía, la abeja velozmente lanzó un chorro de su miel, la que a manera de lazo tiró en el aire. Lo ató en una de sus puntas a una antigua columna que sobresalía y el otro extremo lo sostuvo sobre un espacio de la inmensa escultura donde no había huella de esa grasa nauseabunda. Los segundos pasaron cual, si horas y cuando Dundra ya casi era tocada por esa sustancia horrorosa, la abeja la tomó entre sus alas y con evidente dificultad la llevó a sostenerse del lazo de miel que había templado, a través del cual paulatinamente se fue deslizando al lado de nosotros. Sobre volamos a su lado arriba de una multitud de pequeños y de grandes orificios que segregaban de esa sustancia viscoza y pegajosa que hervía a una temperatura que calcinaba lo que a su paso lograba traspasar, hasta que con inmensa alegría exclamé: "¡Lo logramos!". Aunque a punto estuve de caer dentro de un hueco que lanzó una corriente de humo tan atroz, cuando precisamente volábamos sobre el mismo. "Tu pelo está lleno de grasa", pronunció la abeja dirigiéndose hacia mí y luego me dio unas gotas de su miel, las que al pasar por entre mis largos cabellos atados a una mariposa, resplandecieron de inmediato. "Tu miel es sagrada", expresé. "Sí lo es", sonriendo me respondió.

Al aproximarnos a la monumental esfera notamos que más bien parecía una inmensa bola cubierta casi en su totalidad, de esa mugre pegajosa. Al verla más de cerca, nos situamos a su alrededor conjeturando sobre la misma. "¿Qué habrá en su interior?", "¿Cómo podremos saberlo?", "¿Escuchan su sonido rítmico?", "¿Habrá alguna forma de penetrar dentro de ella?". Y

51

cuando Dundra la quizo lamer para sentir su sabor y discernir lo que era, le advertí: "¡Cuidado, podría dejarte pegada de la lengua!". "Guauuu" respondió, alejándose de ella. Alzó el vuelo el gorrión decidido a inspeccionarla y la bordeó en una pequeña parte de su contorno, al hacerlo, con el revoloteo de sus alas me invitó a volar sostenida por él. Noté que era tan grande que no podía calcular su dimensión y que para poder hacerlo, nos tomaría un día entero ó quizás dos, lo que era imposible lograr en vista de que con Dundra éramos en proporción mucho más grandes y pesados que la abeja y que el gorrión… Bajamos de nuevo los dos y al llegar a la base donde conversaban Dundra y la dulce voladora, les dije: "Correremos el riesgo e iremos los cuatro a explorarla completa". Cuando terminé de decir lo anterior, notamos que poco a poco se aproximaba hacia el redondel alguien que venía desde el norte de donde nos encontrábamos, quien portando una pequeña linterna se acercaba más y más.

A los pocos minutos logramos captar que eran dos, fue cuando entonces bajé el tono de la voz y con profundo cuidado, les susurré al oído que si eran los reptiloides debíamos volar hacia la cúspide de la gran esfera, donde quizás no lograrían saltar y nos podríamos librar de ser atrapados por el mal. La distancia aún era muy larga, las luces se acercaban más hasta que se situaron iluminando algo que a varios pasos y en la oscuridad me parecían los vestigios de algo de mi antigua aldea. "¡Pero si es de madera, su rueda la han partido en dos, sus cimientos son los de una carreta ó más bien, una carreta partida en pedazos!", exclamé muy impresionada desde mi interior. Casi de inmediato y con sumo cuidado, una fuerza interior me hizo aproximarme hacia las luces unos cuantos pasos, quería ver más de cerca quienes eran los viajeros que se habían detenido ante ella. Cuando la abeja me observó se me aproximó y me dijo: "Ven a mis alas Krita, que nos acercaremos más a ellos sin peligro de que te sumerjas en un orificio grasoso", y así fue como emprendimos nuestro vuelo. Calculo que habríamos sobre volado el gigante redondel alrededor de unos veinte metros, cuando notamos que desde el sur se aproximaba otra luz que volaba más alto, la que parecía dirigirse hacia nosotras… "¿Será que también vuelan?", me pregunté y una voz interior me animó: "Sigue adelante, no te detengas". Así fue como le pedí a mi compañera de viaje que nos aproximáramos más y con mucha cautela nos detuvimos en el aire atrás de un muro calcinado para poder observar más detalladamente sin ponernos en total evidencia. Mi amiga era sabia, además de ser alquimista y sanar, su prudencia me gustaba.

A pocos pasos de distancia nos encontrábamos de los viajeros que venían desde el norte, cuando escuchamos que dos seres conversaban: "¡La hemos encontrado!", pronunció una dulce voz. El otro de voz ancestral, le respondió: "Este es el segundo paso para lograrlo". "¿El qué?", les pregunté impulsivamente sin detenerme a pensar lo que nos podría suceder. Y al verme repentinamente volar en la oscuridad, el menor corrió a refugiarse muy cerca del de mayor edad. Tomaron su candil los dos, para verme mejor; lo mismo hice yo. Me encontré con un niño de cabellos rojos, los que ondulados casi alcanzaban a tocar sus pequeños hombros. Sus ojos profundamente penetrantes parecían de color marrón frente a la luz y su tez blanca, con algunas pecas claras, le agregaban dulzura a su expresión. Vestía un atuendo suelto en tonos violeta y azul y sus pequeños pies calzaban sandalias tan suaves a la vista, las que parecían ser nubes de algodón. Haberlo encontrado después de tantos y tantos años de no haber visto a ningún niño, era una experiencia extraordinariamente maravillosa para mis sentidos…

Al lado de él, había un Ser de barba blanca mediana, la que al acercarme pude apreciar que estaba un tanto enrollada. Su piel morena oscura contrastaba con la del pequeño y vestía en tonos muy suaves de azul. Sus ojos tenían un claro color y en su frente tenía grabada una estrella de cinco picos, la que por momentos relumbraba rayos dorados de luz. Observé que sus pies no tocaban completamente el plano de la Tierra, sino que parecían flotar a unos milímetros de distancia. "¿Quién eres?", me preguntó el mayor. "¿Y tú?", le respondí, con otra interrogación. "**Me llaman Destino**", y agregó que con él podíamos unirnos para recuperar lo perdido. Inmediatamente habló el niño que le acompañaba, quien con firme voz pronunció dirigiéndose a mí: **"Pero has de respetarlo para que nos pueda ayudar. Es sabio y debes saber escucharlo con suma atención. Si lo tratas bien, nos ayudará a transformar nuestro mundo atropellado en armonía"**. Cuando el pequeño me habló, noté que de mi prendedor emanó una intensa luz violeta y de inmediato empezó a ejecutar una melodía de arpa. Al terminar de escuchar esa maravillosa música, quise saber el nombre del menor: "¿Cómo te llamas?" y el niño me respondió: "Soy KhUBA".

Inmediatamente pronunció su distintivo, la abeja bajó del aire y con mucha deferencia se acercó hacia él para saludarlo muy solemnemente. Con sus patitas cortas se colocó sobre una roca que quedaba entre tantas escupideras sembradas que arrojan de ese veneno letal para la humanidad. Cuando KhUBA la vio, se aproximó hacia ella y con un gesto muy tierno, la colocó entre la palma de su mano; la acarició con toda su ternura y la llevó hacia su hombro derecho. Luego de observar lo que acabo de narrar, me recordé que mi amiga había sanado con su néctar el ala fragmentada del gorrión y que había retirado la grasa sucia de mis rizos. Entonces le pedí que sobre la carreta destrozada rociara de la miel que todo lo sanaba y que miráramos lo que ocurría.

Conforme la irrigaba, gradualmente se fue transformando en un bello carruaje parecido al del rey que llegaba a visitarnos en la antigua comarca. Al terminar de rociarla, la vi más bella aún y sin perder más el tiempo, los invité a subir. Le pedí al bellísimo carruaje: "Vamos a recoger a mis amigos volando por los aires y líbranos de la maldad que acecha a la humanidad". Y mientras empezamos a experimentar una sensación sin igual, unidos rompimos barreras impuestas, las que al superar nos hicieron elevar el vuelo. Recogimos a Dundra y al pequeño gorrión, quienes asombrados examinaron de punta a punta el carruaje volador. Al hacerlo, reían de emoción: "¡Qué lindo artefacto! Es una nave voladora...". "Más me parece una carreta con alas". Y mientras flotábamos tranquilamente, serenamente y tan mágicamente, la otra luz que iba volando desde el sur con más elevación, descendió y paulatinamente se nos acercó. Al cabo de unos minutos logramos divisar que era un pequeño unicornio de piel muy negra, de alas doradas y ojos color esmeralda, los que sobresalían en esa oscuridad. Al hablarle no contestó. Sin embargo, notamos que transportaba entre sus labios y con mucho cuidado a una blanca amapola, la que parecía estar en gestación.

"¿Adónde la llevas con tanto primor?", le cuestionó KhUBA. Y el señor Destino dijo: "¿Por qué la haces flotar? Ella ha nacido para enraizar en esta Tierra que acabamos de dejar...". Entonces la amapola le contestó: "Señor Destino, de la Tierra ha de emigrar mi especie. Ellas necesitarán de agua pura para desarrollarse saludables y en el planeta la sequía se avecina. Tampoco hay minerales con los que deberán fortalecer sus tallos y sin ellos no podrán brotarles pétalos tan blancos, como los que deben lucir las amapolas de mi género". Fue precisamente en ese instante, cuando les expresé que si las rosas volvían a germinar podría reencontrar a papá y a mamá y les dije que, si plantaba en algún lugar fértil un tallo del rosal, pudiese brotar, lo que me daría la oportunidad de volverlos a abrazar…

Después de mi confesión, todos me manifestaron sus deseos de acompañarme a recuperar algunos vástagos de aquel rosal y ante su solidaridad, le pedí a aquel carruaje que me llevara de regreso hacia aquella estancia de donde hace tanto tiempo había salido y donde existía la posibilidad de recuperar algo de gran valor para mi vida. Y es que, si no lo hacía rápidamente, posiblemente los tallos se secarían y perdería para siempre la posibilidad de abrazar a mi familia… Así fue como nos dirigimos hacia aquella estancia con la esperanza de llevar los tallos del rosal hacia algún lugar, donde el contexto fértil y la lluvia les podrían ayudar a germinar.

"Arribaremos donde la chimenea todo el tiempo arde y donde independientemente de lo que acontece afuera, seremos felices sin salir", les anuncié. "¿Dices que no saldremos…?", me interrogó el unicornio. "De ninguna manera lo podríamos hacer. Sería sumamente riesgoso exponernos ante los viscosos", le respondí. "¿Cómo qué no? Si lo deseamos no hay nada que nos deba retener", agregó él. "A veces, aunque lo quisiéramos no lo podremos llevar a cabo". "No entiendo lo que dices, si en el universo tenemos libertad para obrar", agregó él. Fue cuando entonces el Señor Destino nos interrumpió: "Así estaba supuesto a ser; sin embargo, hay quienes se apoderaron de la Tierra y se creen los únicos dueños de ella. Han restringido la libertad que debería existir demarcando fronteras como si el planeta fuera de su propiedad y lo han bombardeado a tal grado que el oxígeno que lo alimentaba se ha contaminado tanto, que, si lo respiras, te podrías morir". "Entonces amigo Destino, es por ello que aquella linda señora me previno y dijo que debía permanecer adentro de mi estancia hasta que alguien que llegara a mi hogar hiciera proyectar desde mi prendedor una luz violeta". "Podría ser", me contestó. "Empiezo a comprender…", le respondí.

Durante el largo trayecto por un cielo naturalmente bello, porque volamos más allá del vasto firmamento, el unicornio quizo saber: "¿Cómo son las familias de la Tierra?". "¿Qué cómo son?", repitió el Destino y seguidamente le respondió: **"La familia del planeta Tierra es una sola y ha sido creada para cohabitar en eternos lazos de armonía. Para que conviva en un contexto de hermandad, de paz, de solidaridad, de igualdad…".** Y el gorrión cantó: "Eso que usted menciona señor Destino, me parece que es tan solo una ilusión". A continuación, el pequeño unicornio agregó: "Cuando bajaba por las noches de luna llena a jugar con los niños y las niñas del planeta, quienes me solían llamar a través de lindos cuentos, los escuchaba llorar y orar. Al hacerlo, pedían porque sus padres no se pelearán más…". Fue cuando el Destino continuó: "Los humanos han cambiado el panorama familiar; han fragmentado las leyes de su destino y se han impuesto con un ego y de tal forma sobre mí, que no puedo ayudarles a reconstruir". Fue cuando KhUBA pregonó: "Deberían de volver a fusionarse tal cual lo estaban como cuando por primera vez se miraron a los ojos y se juraron amor". Entonces el Destino contestó: "Estaba predestinado a ser tal cual lo narras, pero quienes debían constituir cada hogar lo cimentaron con materiales desechables, los que sucumbían ante banalidades". "¡Mi familia no era así!", exclamé. "¿Cuántas más habrán existido, las que pese a los años se profesan respeto y amor?", agregó la abeja. "No lo sé", le contesté. Y mientras nos dirigíamos hacia aquella casa de piedra donde la linda señora me refugió hace ya tanto tiempo, el pequeño unicornio quizo saber mi nombre y me preguntó: "¿Cómo te llaman?" y ante la interrogante, KhUBA sonriendo le respondió: "No te lo dirá…" y a continuación le expresé: "¿Cómo que no? Soy Krita, una niña terrícola". "¡Qué bonito apelativo!". "¡Gracias!".

Mientras el carruaje lentamente emprendía nuestro viaje, el salvador de la amapola se cuestionó: "¿Qué ha sucedido en el planeta que casi no palpita? Mi abuelo me solía decir que poco a poco se atenúa su ritmo. ¿Por qué mi amiga, que pronto dará a luz a cinco bellas amapolas, lloraba sin cesar y ha tenido que emigrar de su subsuelo natural? ¿Qué se avecina, que me pidió que la arrancara de raíz para lograr salvar a las futuras florecitas…? ¿En qué podemos ayudar, para debilitar tanta inconsciencia y maldad?".

Y luego de flotar sobre un firmamento tan perfecto y de haber conversado sobre la situación que acontecía en el planeta, empezamos a descender. Conforme lo hacíamos, un olor nada grato se empezó a infiltrar y al registrar su vibración, el carruaje volvió a elevarse para recuperar la energía saludable. Mientras esto ocurrió, la abeja nos bordeó como creando una barrera de protección con su miel, lo que no dejó que nos penetrara ninguna partícula del aire contaminado. "¿Qué sucede?", dijimos asustados y el Señor Destino pronunció: "En el vasto universo se respira la pureza que el creador nos regaló. Aquí afuera del contacto de los vientos de la Tierra, la amapola se ha nutrido y ha cambiado su apariencia. Si la ven está más fresca". "Lo que dices es verdad", contestó el unicornio. Cuando entonces nuestra amiga la amapola en gestación, habló: "Me sentía a punto de morir, cuando Sam me llegó a rescatar". "¿Quién es Sam?", quise saber. "Es el nieto de un Ser muy especial", la bella flor me respondió y al volver la vista hacia el unicornio, con sus lindos ojos verdes fijamente puestos sobre mí, me respondió: "Sam soy yo". Y entonces la amapola prosiguió su explicación: "Conforme ascendí, fui nutriéndome de la saliva que mi amigo unicornio me brindó y poco a poco fui recuperando la pureza que alimenta a mis hijitas, las que pronto han de venir. Respiré el aire puro que circula y ahora tengo fuerzas para traerlas y mostrarles el camino a seguir".

"Es muy cierto lo que hablas, en la Tierra ha variado el porcentaje del oxígeno, los ambientes saludables ya son mínimos. Ha dejado de llover y lo podrido ha segregado una sustancia venenosa que inhibe la vida de quienes necesitan de un ambiente saludable para vivir", agregó el Destino amigo. Y luego nos previno: "Si al entrar en contacto con la Tierra, alguien respira de su aire letal, caerá en un estado narcótico del que difícilmente se podrá recuperar". Así fue como comprendimos que debíamos de colocar como doble medida de seguridad, una gota adicional de la miel que nuestra amiga nos obsequió. "Un momento, estén atentos por favor. Si alguien pisa el subsuelo de la tierra se hundirá en los hervideros de esa grasa que atrapa lo que toca". Alarmados escuchamos al Destino y tomamos con toda seriedad, las medidas de seguridad que él nos delimitó.

Nos tomó algunos minutos tratar de bajar sobre la densidad de la atmósfera para llegar hacia la Tierra, la que nos repelía. Esa fuerza nos hacía revirar. Era como si una basta energía nos lanzara varios metros de distancia hacia atrás. Ante tal resistencia, el carruaje volador se extenuó de tanto intentar romper con esa barrera de presión y optó por llevarnos a flotar en dirección hacia el este. Cuando lo hizo, surgió en mi interior una profunda tristeza; pues descender para recoger algún tallo del rosal me abría la posibilidad de reencontrarme con mi familia y con ese sentimiento abrumador les pregunté: "¿Cómo haremos para traspasar esa condensación y para poder recoger los tallos del rosal? ¿De qué manera lograremos rescatar a nuestra amiga de las garras de los reptiles?". Mientras Dundra al sentir mi desesperación, se me acercó y me acarició y el Señor Destino con dulzura esta vez demarcó su posición: "Debemos recuperar las energías mal gastadas Krita, escuchar a nuestra intuición y planear con sabiduría la mejor manera de operar para lograr cumplir nuestra misión"; y KhUBA señaló: "Si seguimos ese marco delineado por nuestro amigo Destino y emprendemos nuestro viaje con Amor, lo lograremos". Al escucharlos hablar con tanta propiedad, todos estuvimos de acuerdo, mientras Dundra meneando su rabo en señal de aprobación, se nos sumó.

Volábamos envueltos entre un manto de nubes que nos encubría parcialmente y al encontrar nuestros rostros nuevamente entre nosotros, jugueteábamos alegremente. Más bien, parecía un concierto donde la risas se manifestaban en el interior de un túnel nevado, en el que gradualmente nos adentrábamos. Tanta era su pureza y condensación que esperaba encontrar un lugar encantado y mientras cruzábamos por singulares formas nubosas, se respiraba un ambiente de verdadera paz: "¡Qué aire más reconfortante!". "Aquí se respira serenidad". "¡Mira aquel inmenso globo!". "¡Ves el barco a nuestro lado!". "¿Y esa ave?". La verdad es que nos encontramos ante toda una diversidad de figuras que se dibujaban con la niebla que torneaba buques, aeroplanos, trompetas y ángeles… Y en medio de ese lugar fascinante la amapola dijo: "Me gustaría que mis hijitas nazcan en un ambiente tan tranquilo como éste". Y conforme el carruaje se dejaba llevar por el flujo de los celajes que lo manejaban hacia algún sitio cada vez más cercano, nos adentramos en medio de canales de nubes, las que parecían simular a la perfección las riveras de la Tierra que hace algunos años han quedado completamente secas.

La decisión de la amapola.

Nuestro carruaje volador más parecía ser una embarcación que seguía el flujo de la corriente de un río de nubes, entre la que poco a poco fueron descubriendo la existencia de un lugar paradisíaco. "¡Mira esas cascadas, parecen parajes de cuentos de hadas!". Y mientras gradualmente se fue despejando la nubosidad, nos fue mostrando un edén que sobre el horizonte dejaba ver un castillo de cristal azul. "¿De quién será?", nos interrogamos y mientras lo hacíamos, de mi prendedor emanó una luz intensamente violeta, la que acompañada por la vibración de un arpa me hizo repetir: "Aquí habita el bien y hemos de acudir a él. Lindo carruaje, llévanos hacia él…"; pero esta vez la carroza voladora detuvo su viaje al lado de un árbol tan diferente a los que habían en mi antigua aldea. — Su tronco emanaba desde arriba y más parecía que se había dado vuelta, aunque de copiosa que es la espesura que brota desde sus raíces, nos proporcionaba una linda sombra, la que a manera de lluvia primaveral lanzaba en tonos de verdes y azul —.

Bajo sus frondosas raíces y cubiertos por una lluvia de hojas, el Señor Destino afrmó: "**Hay momentos en los que te debes dejar llevar por el flujo natural de la vida; otros, en los que te ayudarán; sin embargo, muchos son en los que debes andar con tus propios pasos...**".

Nos bajamos del carruaje y al hacerlo noté que mis pies parecían flotar a escasos milímetros sobre el hermoso jardín. Por más que intenté tocarlo, no pude lograrlo, era extraño, solamente podía andar muy cerca del pasto. Lo mismo le sucedía a Dundra y a mis compañeros de viaje, exceptuando al sabio barba enrollada quien se deslizaba suavemente sobre el césped que simulaba a la perfección una alfombra natural de un verde similar, al de los ojos de Sam. En cuanto al unicornio, éste parecía trotar graciosamente sobre el aire y aunque a veces ocupaba sus lindas alas para dar saltos mortales que nos hacían gozar, tampoco rozaba la grama con sus pequeños cascos. La naturaleza profundamente bella que nos bordeaba nos invitaba a detenernos por momentos y nos embebíamos a tal grado con cada entorno, que se nos olvidaba el tiempo. Las gotitas de rocío que besaban la tez de las hojas, entonaban al caer una melodía que nos dejaba perplejos. Sus sonidos alegraban de tal forma a la amapola, que empezó a dilatar de felicidad y aprovechó para anunciar: "Este es el lugar donde quiero que nazca mi descendencia". Al escucharla hicimos momentáneamente una pausa y detuvimos nuestra marcha hacia el castillo; expresando que nos quedaríamos a su lado, y espontáneamente ella dijo: ¡Muchas gracias!

En ese preciso momento el Señor Destino intervino, para decirle: "**La Creación destinó que tu especie existiría en la Tierra; sin embargo, hay circunstancias en las que puedes cambiar su rumbo, si así lo decides. Si tú consideras que es la mejor selección para la futura generación de amapolas, adelante y no te frenes, mantén tu decisión**". "Gracias por regalarnos tu sabiduría Destino amigo, ahora les pido que me acompañen a encontrar una pequeña caída de agua clara, donde mis hijitas puedan regocijarse al nacer. Al encontrarla, cerca de ella las procrearé...".

Andar flotando sobre las siembras de ninfas en medio de pequeños espejos de agua, era para mi espíritu una experiencia realmente mística. La amapola andaba a paso lento y bebía con delicadeza del líquido claro y sagrado; mientras que Sam se me adelantó y cada vez que él solía galopar casi tocando los cristales diluidos, formaba una multitud de ondas, las que a veces se unían marcando movimientos rítmicos entre sí. A él lo siguieron los demás, mientras me fui quedando atrás... Me gustaba observar detenidamente las ondas circulares que dejaban mis amigos, cuando con sus pasos casi tocaban el agua. Las había pequeñas y de todos los tamaños dependiendo del andar y de algunos de sus saltos. Algunas eran de trazos perfectos y tan duraderas, que parecían perdurar una eternidad, hasta que una pequeña tintada de sutiles tonos de azul, cautivó mi atención. Era una esfera cristalina que parecía girar de verdad, me quedé en suspenso esperando que algo más apareciera en sus adentros y sucedió que la burbuja emanó lentamente del manto de agua unos cuantos centímetros por encima de la superficie; roto tres veces totalmente y al detenerse en el espacio, logré escuchar a distancia que una voz se nos aproximaba repitiendo mi nombre. "Adónde estás Krita?". Y mientras mis amigos se acercaban más al lugar donde me encontraba, la bomba encantada me empezaba a narrar: "Este es el reino de A…", y cuando iba a terminar de decir la frase que empezaba a pronunciar, se disolvió, cuando el gorrión cantó que me encontró, dejando en mi interior fascinación.

"¿Por qué no respondías Krita? Te hemos buscado entre las plantaciones de helechos, lo hicimos alrededor de los anteojos de agua donde mil burbujas se desplazaban entre la corriente, las que entre tantas ninfas se diluyeron". "Es que estaba recordando aquellas suaves bombas de jabón, las que solía hacer en el estanque de la aldea al lado de papá…". "¡Ya encontré a Krita!", entonó con una canción el pequeñito volador, e inmediatamente Dundra y todos mis amigos llegaron a indagar sobre mí. La verdad es que opté por callar, hasta que supiera más sobre el lugar donde la amapola quería sembrar a sus muchachitas. "¿Reino de quién…? ¿Qué habrá querido mencionar? ¿Cómo podré hacer para volverme a encontrar con esa burbuja tan mágica?". Y mientras mis amigos vivían a plenitud la floración de millares de ninfas, me dedicaba a buscar otra burbuja que pudiera hablar, la que me revelara los secretos de ese lugar donde un río plata nos bordeaba.

Conforme íbamos avanzando sobre la serenidad de un caudal que bañaba lo que circundaba, notamos que la corriente gradualmente se agudizaba, mientras KhUBA llevaba dulcemente a la amapola y le entonaba con dulzura una amorosa melodía que la tranquilizaba… "¿Escuchan lo que oigo?", nos preguntó la abeja; mientras Dundra movía su pequeña cola. Al terminar el ondulante movimiento de la rivera, atrás de copiosas enredaderas de las más finas hojas que hacían brotar minúsculos ramilletes de flores tiernamente púrpura, nos encontramos a unos pasos de una cascada de agua clara suavemente coloreada, la que al caer dejaba sentir una brisa sutil que a todos nos agradaba.

"¿Será de mora?", interrogó Sam. "Ojalá que lo sea", le respondió el gorrión con su dulce voz. Mientras Dundra acercó sus largos bigotes para beber del agua morada, su vivaz mirada cobró el mismo color y la vimos bailar de felicidad. A continuación, la abeja bajó y al probar un sorbo de ella, lanzó un suspiro de los mismos tonos, con el que expresó: "¡Es lo más sabroso que he probado!". Luego lo hice yo y al cabo de unos instantes, sonriendo mis amigos exclamaron: "¡Tus rizos se han vuelto del mismo morado que tienen los ojos de Dundra!". Mientras sorprendida disfrutaba de ver mis largos cabellos tintados del suave color que reinaba entre los árboles frondosos de nuestro alrededor. "¡Qué lindos están y huelen a lirios!", dije. "Te quedan muy bien", dijeron todos al unísono. Y mientras observaba a mi alrededor, noté que el cielo que cubría ese espacio armonizaba a la perfección con la pintura violeta, aunque la intensidad de la paleta para trazarlo, fuese mucho más sutil. Las rocas y siembras extensas de yerba reflejaban sus tonos violáceos mezclados con trazos muy bien delineados en crema. Al verlos disfrutar a plenitud, KhUBA le dijo a la amapola: "¿Te acerco para que la pruebes?". "¡Me gustaría hacerlo!", exclamó. Al escucharlos, el Señor Destino la previno: **"Si bebes de su agua podría ser que tu descendencia no nazca tan blanca como tu especie y que haya algún cambio en su genética. Siéntelo y si te inclinas a hacerlo, adelante y pruébala tú también"**. "¿Qué hago?", le preguntó la linda flor a punto de dar a luz, a su maravilloso amigo el unicornio alado. "Lo que creas conveniente, aunque te daré mi opinión. Cuando en las noches de luna llena me recordaban los niños de la Tierra y bajaba a conversar con ellos, me hice amigo de un niño de mi color. Él no estaba satisfecho con su tono de piel, quería ser tan blanco como tú y le enseñé a ver que nuestra tez es bellísima, que sus facciones son maravillosas, que los de su planeta se habían confundido al dividir las razas y peor aún, en tildarlas de mejor o de peor. **Que todos eran de una misma especie y que lo lindo era que había algunas pequeñas diferencias que agregaban belleza al planeta. Que la hermosura no dependía de si eres amarillo, moreno, oscuro, claro o morado; sino que radica en la vibración de igualdad y de Amor que entre todos debería de existir".** "¡Qué graves decisiones se han cometido!", agregó el amigo Destino, secundando la posición de mi amigo de hermosos cascos. **"Estaba destinado a que todos se amaran por igual, a que con la fusión de toda una gama de contrastes se generará una raza más bella aún…".** Entonces la amapola pronunció: "Por favor, acércame a la cascada un poco más". Y así fue como poco a poco la bebió y se enjuagó su linda faz.

Al beber de su fluido, su bienestar fue mayor y al cabo de unos instantes con mucha alegría nos señaló un lugar donde salpicaban sutilmente las gotitas cuando el caudal de agua fresca bajaba naturalmente del manantial. Era una especie de jardinera bordeada por piedrecitas, la que con suave yerba parecía ser el mejor lugar en el que las recién nacidas podrían recibir a cielo abierto los rayos del sol y nutrirse con la frescura de ese manto de agua clara de color. El unicornio se aproximó llevando a la responsable amapola entre sus alas y cuando esto sucedió, el gorrión trajo un follaje delicado para que ella descansara sobre el mismo. También la abeja segregó unas gotas de su néctar, las que le obsequió y al saborearlas, las contracciones ya no se manifestaron con dolor. Y luego nos colocamos en un círculo alrededor de nuestra amiga de pétalos blancos y en voz baja empezamos a entonar una melodía que le ayudaría a agilizar el nacimiento de sus hijas. Al terminar de cantar nos fuimos distanciando para dejarla en total privacidad; aunque le advertimos que estaríamos a su disposición atrás de un seto de hojas muy finas que parecían encaje.

"¿Cuándo dará a luz?", tarareó a mi oído el gorrión. "¡Muy pronto!", le dije y el Señor Destino agregó: "Cuando tenga que ser, nacerán". "Pero si ella no lo desea todavía, lo podría posponer y quizás podría hacer que nacieran hasta que llegáramos al castillo", dijo mi amigo volador. El sabio barbado le respondió: "**Señor gorrión, algunas situaciones ya están predeterminadas y no se pueden alterar por más que las desees cambiar y esta es una de ellas, así que las amapolas nacerán cuando deba acontecer**".

Mientras ella soñaba en su nido con sus pequeñas amapolas, KhUBA y Dundra permanecían a distancia pendientes del maravilloso advenimiento. El gorrión anidó y se envolvió en una sábana de helechos, la abeja y Sam se recostaron a descansar sobre una planicie luego de haber jugueteado un rato. El Destino quietamente se sentó a meditar sobre un montículo sembrado por gerberas, las que, desde el blanco más puro, pasando por suaves tonos de rosa, contrastaban con las tonalidades oscilantes del violeta que reinaba en ese espacio; mientras yo buscaba entre las vertientes alguna burbuja con la que pudiera conversar para saber más acerca del lugar donde nos encontrábamos. A medida que avanzaba entre los canales de agua, me detenía para venerar a la naturaleza que nos bordeaba y la intensa fragancia de las flores que sentía al inicio de mi trayectoria por el río, ante un sol naciente, solía debilitarse mientras la luz más tenue proyectaba de tarde un resplandor que resaltaba el brillo de las hojas redondeadas, las que flotaban sosteniendo a manera de barcas, a las flores vestidas de lila, rosa, violeta, blanco y amarillo, las que parecían cerrar sus frondosos pétalos para dormir sobre tan apacibles aguas.

Conforme fue oscureciendo apareció una ninfa mayor que la población entre la que había disfrutado tanto. Ella tenía alas, en lugar de flotar, como lo hacían las otras y su color era de las mismas tonalidades con las que coloreaba a las que dormían hasta el amanecer. Su belleza era impresionante y de sus finas manos emanaba una energía de tonos dorados, la que dejaba caer sobre la siembra de ninfas que habitaba en ese hermoso arroyo cristalino. Al hacerlo, las flores que habían quedado semi abiertas tendían a cerrarse a plenitud, mientras un ritmo musical que el caudal de agua y ella, solían entonar, legaba al lugar un encanto especial. "¿Quién eres?", muy impresionada por su gran belleza y armonía le pregunté. "Antes de responderte, desearía saber qué haces en mi jardín". Le narré paso a paso como llegamos hasta aquí y mientras lo hacía, me escuchaba con verdadero interés preguntándome al concluir: "¿Y los demás, a dónde están?". "Se quedaron pendientes de que la amapola iba a dar a luz a cinco muchachitas", le respondí. "¿Quién es ella?", me preguntó. "Una flor del planeta Tierra, la que decidió emigrar debido a que existe una sustancia letal para la población de flores del planeta". "Me gustaría conocerla y abrazar a su descendencia", dijo ella y a continuación le respondí: "A mí me encantaría volver hacia el lugar donde se encuentran mis amigos y presentarla ante ellos señora ninfa, pero creo que me extravié y me alejé tanto, la verdad, no sé cuánto". Al terminar de hablar, dulcemente me preguntó mi nombre y al respondérselo, dirigió su mirada hacia mí, diciendo: "Como fiel protectora del espíritu de los arroyos cristalinos, coloco de mis alas el rocío que te hará dormir hasta que los primeros rayos del sol te sitúen al lado de la valiente flor. Al despertar deberás recordar que el rocío colocado en este envase de cristal, se lo has de entregar a la amapola. Por favor dile que lo rocíe sobre sus hijas recién nacidas y que al terminar de hacerlo vierta sobre sus pétalos lo que queda del líquido. Y en cuanto a ti Krita, en este cilindro dorado que te entrego he colocado un extracto, para que si decides regresar a tu planeta lo rocíes sobre las manifestaciones de agua resecas, a las que ha de regenerar en su pureza y caudal".

Dormía plácidamente mientras unas voces de júbilo me despertaron al lado de la ribera sobre un pasto que recibía a un sol madrugador, el que mostraba el amanecer en todo su esplendor y mientras la señora amapola alimentaba a sus recién nacidas, KhUBA llegó hacia donde me encontraba. "¿Las has visto?, son la expresión más pura del Amor…". Me acerqué lentamente hacia ellas y pude ver la dulzura que tenían en sus rostros. Realmente eran bellísimas. Una era rosada, la segunda de tono lila mostraba un hoyuelo al sonreír. Dos tenían la pintura de su madre, mientras que la más pequeñita de todas parecía jugar con una mariposa del mismo azul de su piel; formando entre todas una sinfonía primaveral. "¡Verdaderamente son muy lindas!", con mucha alegría exclamé. "Muchas gracias", con fina voz me respondió su madre, a quien entregué la encomienda que el espíritu de los ríos le envía. Le explique con detalles lo que la ninfa mayor me dijo que debía hacer y con mucha fe tomó el frasco entre sus hojas y una a una le fue irrigando a su descendencia del fluido que la ninfa le mandó, el que al terminar de rociar sobre ellas dejó caer sobre su piel, la que de inmediato brilló. "¡Es un gran obsequio!", feliz exclamó.

Pasaron los días y las tiernas florecían en todo su esplendor. Cuando el sol nacía, fijaban su mirada hacia él y cuando se ocultaba, deslizaban sutilmente sus cuerpecitos tiernos sobre la jardinera al lado de su mamá. Verlas crecer tan saludables alegraba el alma de su abnegada madre, quien irradiaba felicidad al haber encontrado un remanso de paz donde podrían desarrollarse saludables. "**No hay duda de que la amapola fue sabia al pedirle a Sam, que le ayudara a**

emigrar, las niñas amapolas se desarrollan en paz y claridad", dijo la alquimista y mientras Dundra afirmaba con un gesto de aprobación, el gorrión entonó una canción con la que arrulló a las pequeñitas...

Cuando esas lindas criaturas dormían, su madre preguntó: "**¿Cómo podríamos hacer para que todas las especies de buenos sentimientos que habitan en nuestro planeta emigren y para que formen una nueva Tierra, donde la convivencia pacifista no permita la violencia, ni tampoco la inconsciencia?**". Entonces KhUBA contestó: "**Si hemos nacido en la Tierra, podemos transformar el odio que acecha sobre ella, en lugar de dejarla desierta**". "Igual que tú, pienso yo", agregó la alquimista. "¿Y tú qué opinas?", le preguntó la amapola al Señor Destino y él habló: "**Es cierto que puedes emigrar y resembrar, pero también puedes reconstruir y transformar. Esta será una decisión transcendental, la que deben evaluar con mucha sabiduría**".

Caía la tarde y el sentimiento de querer ayudarle a mi planeta a recuperar la armonía que existió, me hizo tomar la decisión de continuar el viaje hacia aquel reino azul. Ya el Señor Destino había meditado largamente e incluso se había levantado del lugar donde había pasado largas horas en profundo silencio, lo que podía interpretarse como una señal que debíamos considerar para emprender el recorrido hacia ese sitio donde debíamos llegar. Dundra había sido su fiel guardiana y había permanecido quieta al lado del barba blanca. También era notorio que la abeja había recargado sus energías y que estaba lista para emprender una importante travesía. El gorrión había desarrollado con ciertas prácticas más fuerza en sus pequeñas alas, mientras que yo tenía una gran ilusión. Verdaderamente soñaba con arribar al Reino del que no sabía nada y una voz me decía en mi interior que allí encontraría lo que buscaba. Al participarle a mis amigos que continuaría la travesía hacia el Reino de Cristal, ellos se despidieron de la amapola para unirse a mi misión, también Sam se nos unió y la abnegada madre nos dio su bendición.

Conforme avanzábamos entre una multitud de nubes, se lograba divisar a distancia aquel Reino Azul y la nubosidad simulaba telones que se abrían por momentos para mostrar un escenario esplendoroso que proyectaba el lugar donde deseábamos llegar. La niebla parecía acercarnos de tal forma a esa ciudad, a la que por instantes casi sentíamos entrar, aunque había momentos en los que nos la mostraba más lejana e imposible de alcanzar… Era como si un sueño se difuminara cuando casi lo sosteníamos en la palma de nuestras manos y lo empezábamos a experimentar. Y con esa sensación de que el palacio se nos acercaba, desaparecía por completo entre las nubes y reaparecía tan cerca de nosotros, decidimos reposar sobre un valle donde la niebla predominaba.

"¿Será que el reino es de verdad?". "Quizás es una proyección de algo que deseamos lograr". "Tal vez es la fatiga, la que nos hace ver lo que no es", y mientras conversábamos sobre la probabilidad de llegar hacia el castillo luego de reponer las largas horas de cansancio, el sueño nos fue venciendo lentamente y nos fuimos entregando a sus dominios. Sucedió que cuando empezaban a cerrarse mis pupilas, del aire brotó una burbuja que más bien parecía una linterna por su iluminación interior o una bola de luz clara que giraba flotante, de la que surgió una voz: "**Nada es real, si dejas de creer en ello**" y al cabo de un momento se esfumó, dejándome una gran lección.

Amaneció otro día y el brillo de la luz nos despertó. Al abrir nuestros ojos lo primero que pronuncié fue: **"El palacio no es tan solo una ilusión"**; cuando casi simultáneamente escuchamos que Dundra ladró. Al indagar sobre su insistente ladrido, nos dimos cuenta de que lo hacía frente a algo que a distancia parecía sostenerse flotando en el espacio. Cuando llegamos hasta donde se encontraba, vimos que era una especie de pequeño velero volador con una vela rectangular de cristales de color, que se bambaleaba entre las nubes delicadamente, como queriendo zarpar hacia algún lugar… Al acercarnos me pareció que había llegado a recogernos para llevarnos hacia el palacio mágico que parecía moverse de dirección; así que me subí en ella y al hacerlo, vi que su suelo era tan transparente como el agua clara que nos rodeaba, — la que a medida se acercaba bordeando la periferia del reinado, tendía a la delgadez

cual si fuese un hilo de miel que va a desaparecer —.
"¿Vienen?", les pregunté a mis amigos. "Por supuesto
que iré", me respondió KhUBA; mientras los demás le
siguieron.

Únicamente faltaba que nuestro amigo de barba enrollada
se subiera a la extraña embarcación, cuando la tabla
empezó a volar. Mientras eso sucedía, con fuerte énfasis
le ordené: "¡Deténte por favor!" y así fue. "Ven", lo llamé
y el amigo Destino lentamente se acercó hacia nosotros y
viéndonos fijamente hacia los ojos, nos habló: "**Hay
momentos en los que no les seré útil, porque sin mi
ayuda deberán tomar la decisión transcendental de
como obrar. Escuchen a la voz de su intuición y
sabrán hacer la mejor selección**".

Al escucharlo, de inmediato le recalqué: "No quiero ir sin
ti, Destino amigo mío. ¿Por qué no andas al lado de
nosotros aunque no nos des tu parecer? Eres un gran
apoyo para todos. Piénsalo bien y tómate el tiempo que
desees, me quedaré esperando tu respuesta", le reafirmé,
mientras la tabla voladora se mantuvo estática. Aunque
cuando KhUBA terminó de escucharme, me recordó:
"**No tenemos mucho tiempo. En la Tierra los segundos
cuentan…**".

Luego el amigo Destino, con voz pausada nos reafirmó:
"No quiero influir en sus reflexiones y si deciden algo
que no está escrito en mis memorias y en las

consecuencias de sus actos, podría dictar lo opuesto a lo que desean hacer y alterar en alguna medida lo que podrían realizar. Es mejor que me mantenga al margen y que nos reunamos al terminar la misión que con tanta nobleza han emprendido. A medida que avancen en la plataforma de cristal, se enterarán de muchos secretos, escúchenlos con suma atención y si los consideran oportunos, utilícenlos para tomar una determinación. Si yo les acompañara dependerían en cierto grado de algunos de mis comentarios y en estos momentos deben utilizar sus propias convicciones".

"¿Y si nos hace falta tu Presencia para hacerte una consulta?". "Con el pensamiento les oiré". "¿Y cómo te escucharemos?". "Ya lo descubrirán…". "Pero, ¿te quedarás sólo?". "**Eso es producto de tus pensamientos, Krita, recuerda que no existe la soledad**". "Eso es cierto", dijo Sam.

"¡Hasta pronto!", dijimos, mientras él nos respondió: "Ya nos encontraremos. Solamente recuerden que cada acto generará una respuesta". "Te tendremos presente", le respondimos.

Hacia un castillo azul.

La pequeña embarcación parecía un arco iris que cobraba la tonalidad de los espacios que volaba cual si fuese un camaleón y sus tripulantes experimentábamos una sensación grata de navegar hacia uno de nuestros sueños… Mientras viajábamos con la ilusión de arribar en aquel lugar que parecía de verdad, volábamos sobre un mar espeso de niebla en medio de una marea levemente azul y tan serena. A medida que nos adentrábamos, nuestra apariencia era más fresca y el aire puro nos nutría produciendo en nuestro interior una sensación muy agradable.

Al cabo de un recorrido tan grato el piso transparente sobre el que nos apoyábamos empezó a vibrar; al sentir su vibración nos confinamos hacia los bordes para poder despejar el centro donde fluctuaba con mayor intensidad. Nuestra sorpresa fue mayor cuando se empezó a dibujar en la plataforma y ante nuestros ojos la silueta de nuestra amiga ardilla, quien parecía permanecer adentro de una jaula en la que le lanzaban algunas nueces para mantenerla viva. "¿Nos escuchas?", indagué y con un gesto de su cara confirmó. Al hacerlo, la abeja se acercó un poco más hacia el piso de vidrio y con un zumbido

diferente al usual, le habló. Mientras las dos se comunicaban y Dundra lamía el contorno trazado de su linda tez, que se proyectaba sobre la transparencia del piso, yo lloraba de la emoción de saberla viva…
Cuando ambas conversaban en un lenguaje que no podía comprender, el temblor del piso se volvió mayor, a tal punto que su elevada oscilación dejó caer a Dundra, a quien alcancé a atrapar de una de sus patas traseras cuando empezaba a caer en el vasto espacio sideral.

"¡Auuuuuuu…!", aulló congelada del miedo y al subirla de nuevo hacia la tabla flotadora, del susto se desmayó; aunque al cabo de un rato se despertó y gradualmente se recuperó. Fue aterrador pensar lo que le hubiera podido ocurrir y mientras eso sucedió, mi amiga alquimista continuó su conversación con la ardilla y al cabo de un rato notamos que el movimiento vibratorio del velero volador en la cual flotábamos se incrementó. Lo que ocurrió es que los reptiloides — a quienes se podía observar de la misma forma como habíamos visto a la roedora en cautiverio, reflejados en la plataforma del velero — parecían acercarse al escondite donde tenían prisionera a nuestra amiga. Los vimos conducirse hacia la bóveda donde recluían a la ardilla y notamos que el solo hecho de mirarlos nos hacía tambalear con sus densas vibraciones.

Cuando los rastreamos a través de la plataforma, nos dio la impresión de que a distancia lograron olfatear las ondas de comunicación que emitían mis dos amigas —la ardilla y la abeja — entre sí. Cuando esto sucedió, la proyección de sus rostros se empezaron a debilitar, a tal grado que desaparecieron por completo. "¿Qué te dijo?", le pregunté a la abeja alquimista, quien había dialogado con la ardilla y alarmada nos narró que se avecinaba un triste final para la humanidad, como también para los reinos animal, vegetal y mineral. Comentó que los malvados están a punto de terminar un artefacto que aniquilará al planeta en su totalidad y que ellos piensan que los únicos a sobrevivir serán los de su especie, los que no necesitarán salir a la superficie terrestre donde será imposible subsistir. También nos contó que la ardilla le pidió un poco de miel, la que por medio de un cóndor que volaba muy cerca de nosotros y que se ofreció para ayudarle, le envió. "¿Y la habrá bebido?", quise saber. "No lo sé...", me respondió.

Acababa de pasar ese momento tan impresionante para nosotros, cuando nuevamente el piso se agitó y logramos mirar de la misma manera como observamos a la ardilla y a sus captores. Pero esta vez alcanzamos a ver que el lugar que captamos parecía una inmensa chimenea donde el fuego esparcido había quemado una gran parte de la Tierra. Pudimos constatar que el planeta era representado simbólicamente por la gigante escultura sembrada en aquel redondel, con la cual inicialmente nos encontramos, la que estaba cada vez más inundada de viscosidad. Conforme se sumergía aún más la escultura-esfera, los reptiloides danzaban satisfechos al lado de la grasa pegajosa bajo el imperio del mal, como esperando celebrar su hundimiento total...

Por más que busqué a papá y a mamá, a través del traslúcido piso de la barca sobre la que volábamos, la que parecía retratar lo que acontecía en mi planeta, no los pude encontrar... "¿Qué habrá sido de ellos? ¿Adónde estarán?", me preguntaba con nostalgia y cuando la abeja me escuchó hablar, se acercó hacia mí y con mucha sabiduría me recordó: "Krita, mientras no los reencuentres, piénsalos como usualmente haces cuando te recuerdas de tu aldea y de la vida en armonía que vivían en la comarca. Esas memorias poseen una energía sublime, lo que te hará abrazarlos y sentirlos a plenitud". Y no hay duda de que mi amiga era sabia, la verdad es que rememorar escenas maravillosas al lado de papá y de mamá, era lo que necesitaba. Y es que las había tantas... "Gracias por encausarme hacia una sensación real de inmensa felicidad", le manifesté a mi consejera y cuando lo hice, la risa espontáneamente me brotó contagiando a los demás en ese momento de nuestra larga travesía.

Conforme avanzábamos nuestra conversación se concentraba en mil maneras de obrar para liberar a los habitantes de la catástrofe y de la maldad que aquellas criaturas violentas habían sembrado en el planeta... **"Yo pongo a disposición de la Tierra la miel que transforma y sana"**, dijo la abeja; mientras Dundra con su peculiar ladrido **nos ofrecía la capacidad para**

olfatear a millas de distancia y reportar cualquier anomalía. También KhUBA expresó **su deseo de contribuir con el más profundo Amor, que sería esencial para poder sanar y reconquistar a la humanidad, que por buscar protagonismos personales se había anclado a sentimientos bajos que la habían revestido de tanta inconsciencia y suciedad.** Luego el **gorrión entonó un mantra desde su pequeña garganta, con el que a todos nos sintonizó en una sensación de paz.** "¿Cómo lo haces?", "así de fácil". Y mientras volvió a sumergirnos en esa exquisita sensación, me surgió una duda: "¿Con qué creen que nos podría ayudar nuestro sabio amigo barba larga?" y mientras especulábamos sobre sus posibilidades, la estrella fugaz, quien se había detenido sobre la vela de nuestra embarcación a escuchar nuestro plan, atinadamente dijo: "Iré a consultarle al Señor Destino para que lo diga él…", mientras se fue volando a la velocidad de un rayo viajando por su espacioso hogar. Sólo faltaba que Sam hablara, por lo que volvimos nuestra mirada hacia el unicornio quien parecía estar absorto reflexionando; al notarlo preferimos no decirle nada y respetamos su silencio. Al poco rato reapareció la veloz estrella y se colocó sobre el mástil… "¿Lo viste?", "¿Le preguntaste?", "¿Qué te dijo?". Y mientras todos lanzábamos un interrogatorio que parecía policíaco, la estrella nos observaba y nos escuchaba detenidamente sin pronunciar palabra.

Después de que todos dejamos de preguntar y sin responder a nuestras dudas, se fue a volar. "Vuelve estrella bonita, no te vayas sin decirnos lo que opina el amigo Destino". "Al menos dinos algo de lo que te dijo con lo que podremos contar". Vanos fueron nuestros intentos de quererla retener: "¿Qué habrá sucedido con nuestro sabio amigo? ¿Será que se marchó y que no lo encontró?". "¿Y si se murió…?". "No seas fatalista por favor, el amigo Destino nunca morirá". Después de tanto enredo y de enredarnos con tanto especular nos aquietamos un poco y dejamos de hablar. Al rato de volar entre la quietud del bello espacio sideral, volvió a visitarnos la fugaz luz de cinco picos. Muy sonriente se detuvo nuevamente sobre el asta de nuestra tabla voladora y pronunció: "**La misión para recuperar la paz de la Tierra me ha motivado tanto, que fui a pedir autorización para poder unirme a su proyecto. La constelación mayor me lo ha concedido siempre y cuando respete algunos lineamientos, así que estaré feliz de poder contribuir. Yo deseo colaborar con mi velocidad, la que coloco a la disposición del proyecto pacificador por un mundo mejor**". "¡Qué alegría!", pronunciamos simultáneamente.

Luego de oírla, el unicornio con voz pausada expresó: "**He escuchado las voces de todos ustedes y al hacerlo he sentido el deseo de ayudar a transformar esa bella esfera planetaria plagada de violencia. Los dones que han ofrecido, unidos, serán grandes instrumentos para**

poder lograr este ideal. He meditado paso a paso lo que puedo ofrecer y he llegado a la conclusión después de conversar con mi intuición, que hay algo concreto que necesita el proyecto". "¿Cómo qué?", cuestionó la alquimista. **"Bueno, algo que se pueda palpar y con lo que se pueda operar en el plano físico de la Tierra. Así que ofrezco mi cuerno, por si en algún momento lo necesitan".** "Pero Sam, no puedes hacerlo. Si te lo quitan morirás", agregó ella. Fue cuando KhUBA articuló: **"Considero que poner a disposición lo más valioso de la vida, para recuperar al planeta de la maldad que la acecha, es la prueba más pura de Amor. Tu nobleza y tu entrega hacia la Tierra, tendrán una gran recompensa".** Ante su ofrecimiento y las palabras puras que KhUBA pronunció, todos hicimos un gran círculo de Amor, alrededor del cual el gorrión entonó aquel canto esperanzador.

Posteriormente quisimos saber si la nueva integrante de la misión hacia la paz, había logrado conversar con el Señor Destino y ella nos informó: "Cuando me acercaba al lugar donde lo dejamos, un asteroide que cruzaba me advirtió que no podría traspasar más allá. Me dijo que esto se debía a que alguien que parecía ser un mago, había lanzado una carta hacia el espacio, al que pedía respetar su privacidad. Al leer su nota, la inteligencia espacial edificó un velo en la periferia donde se encuentra, por el cual nadie podría accesar, salvo que el Señor Destino diera una contraorden. Así que hasta que eso suceda le podré preguntar". "¿A qué se deberá?", entonó una pregunta el gorrión. "Tal vez se cansó de nosotros...", "¿será que ha luchado tanto para evitar una tragedia y que ha perdido las fuerzas para continuar contra la ola inmensa de violencia?". Y mientras todos nos cuestionábamos, KhUBA habló: "Más bien creo que debemos dejar de conjeturar sobre sus percepciones, solamente él puede expresar sus verdaderas razones. Considero que como amigos deberíamos enviarle nuestra comprensión ante su decisión y esperar hasta que él nos la comunique". "Creo que tienes toda la razón", aseveré, aunque en el fondo hubiera querido saber de él. La verdadera razón que me movía era el respeto hacia su sabiduría y no tener sus fundamentos en este momento de grandes decisiones, era algo con lo que iba a tener que lidiar para superar.

A medida que nos desplazábamos en una corriente que nos impulsaba hacia adelante, la plataforma de cristal sobre la que viajábamos dejó ver con toda claridad la figura de un joven a quien recién habían capturado los lagartoides, quienes al querer arrancarle un prendedor que colgaba sobre su pecho eran lanzados con mucha fuerza a varios metros de distancia de donde él se encontraba. Parecían llevarlo hacia alguna prisión donde un gigante reptiloide lo esperaba. "¿Quién podrá ser?", les pregunté a mis compañeros; mientras Dundra se acercó a mí y con su trompa tocó mi dije, el que era idéntico al que portaba él. "¡Es exactamente igual al tuyo Krita!", reafirmaron todos. "Efectivamente es exacto al que yo tengo, aunque el mío no repele a quien lo quiere tocar". "Quizás es porque nadie del imperio del mal te lo ha querido arrebatar", agregó Sam. "¿Quién será ese joven que lleva un prendedor como el que aquella señora sabia me obsequió?", me volví a cuestionar y reafirmé: "Al bajar hacia la Tierra lo quisiera ir a salvar". De inmediato mi dije reflejó un tono violeta, luego emitió el sonido angelical del arpa y dirigiéndose hacia mí, me habló: "Es muy buena tu intención. Él es de alma bondadosa y lo que desea es mejorar a la humanidad. Lo han secuestrado quienes habitan en la selva fantasmal, para no permitir que cumpla con su misión y lo han llevado a un lugar secreto donde únicamente desde los aires y con un artefacto mágico, lo podrían descubrir".

"¿Cómo lo puedo rescatar?" y el dije ya no articuló su voz, calló. "Después del viaje hacia el castillo iré a salvar a la ardilla y al joven que tiene el mismo prendedor que tengo yo". Y luego Sam dijo: "Te ayudaré a liberarlos de esa cruel prisión, esa será tarea de los dos…". Cuando esto sucedió, con mucha fuerza clamé: "Destino amigo, ven hacia nosotros por favor". Y aunque él no llegó, del anillo de corazón que mi madre me obsequió surgió un escrito que leí: "Dirige hacia el centro del dije del joven que acabas de visualizar, la luz que brota de tu prendedor. Trata que las dos caras entren en contacto". Intenté una vez y nada sucedió, luego una segunda y nada pasó, así que cuando dejé de hacerlo, Dundra con su hocico reintentó y un estruendo tremendo surgió situándonos a los tres, en un lugar donde nunca habíamos estado antes… Lo extraño era que cuando nos reunimos, ni él se encontraba en la prisión, ni nosotras volábamos sobre la barca al lado de nuestros amigos. Su dije ejecutaba la misma melodía que mi prendedor y al cabo de un instante, el ruido de la carreta de aquella linda señora se escuchó.

Esta vez ella apareció vestida de una tonalidad verde menta y sobre su sombrero llevaba puestos un caballito de mar y una mariposa muy singulares. "¿Quién eres?", le pregunté a él. "Un habitante de la Tierra, quien como tú desea erradicar el mal de ella". "¿Y cómo sabes que eso deseo hacer?". "Lo sé porque en mi prendedor se proyectó tu voz, a la que escuché hacer planes para ir al rescate de la ardilla y de mi persona, lo que por cierto aprovecho para agradecerte", me contestó. "No tienes nada que agradecer, me gustaría hacerte una última pregunta, ¿Cómo puedo hacer para escucharte?", y me mostró que tomando entre sus manos su valioso prendedor: "Si te fijas, en la parte frontal hay un botón que puedes presionar si deseas escucharme. Lo debes activar si necesitas entrar en contacto con lo que haré, aunque no podremos hablar a través de él. Y en esta parte posterior de nuestro prendedor puedes activarlo tres veces. Escoge lo que desees hacer, repítelo con fe y verás que se hace realidad…".

Cuando terminó de darme la indicación, la linda y sabia señora se nos aproximó aún más. Nos miró fijamente con un gesto muy dulce y colocando su fina mano sobre el hombro derecho del joven, le dijo: "Has sido tenaz en tu misión y he venido a entregarte esta espada forjada con los sueños de un ser de noble corazón. Con ella te podrás defender y liberar del mal. Pero ten presente que nadie la podrá portar, así que cuídala para que te pueda ayudar". En cuanto se la dio, el joven con su brazo derecho la elevó hacia el firmamento y al hacerlo desapareció. "¿Adónde fue?", quise saber y ella me respondió: "Adonde se encontraba cuando captó tu comunicación". "Pero si estaba rodeado por aquellas bestias", angustiada le expresé y ella respondió: "Lo sé Krita, deberá liberarse de ellas, con sus propios dones e inteligencia".

Y luego de responderme me dijo que me daría un estuche en el cual había un báculo que le debía entregar a Sam, el unicornio alado, que únicamente él podría usar, pues solamente ante su tacto se iba a activar. Al entregármelo me explicó: "Es de una aleación de plata, de diamantes y de cristal de cuarzo, además es poderoso pues ha sido forjado con la luz de la luna y con la ternura de una hada. Te pido Krita, que se lo entregues al volver a estar a su lado". "Así lo haré", le manifesté y prosiguió dirigiéndose hacia mí: "Debes continuar tu camino hacia el reino donde te diriges…". Y mientras volvía al lugar donde me encontraba, alcancé a distinguir que le colocó a Dundra, un cordón dorado alrededor de su cuello, con el que lucía esplendorosa. Luego de hacerlo, misteriosamente se esfumó".

"49, 50, 51... Son exactamente 52 castillos azules". "¿Cómo dices?", alarmada le pregunté a KhUBA — quien parecía llevar la cuenta exacta de lo que sucedía, mientras con mi fiel compañera lo escuchamos un tanto extrañados —. "Que he logrado contar esa cantidad de palacios", me respondió, mientras el gorrión con su mirada puesta en el cuello de Dundra, nos interrumpió y entonando un bello canto exclamó: "¡Qué linda condecoración! ¿De dónde la has sacado Dundra?" y su orgullosa dueña muy sonriente con sus ladridos y gestos le explicó: "Me la entregó una señora misteriosa, quien enunció que con el lazo entre mi cuello nadie me podría hacer daño". Y mientras todos la rodearon encantados y admirados por su valioso regalo, la abeja exclamó: "¡Es de oro y tiene dos rubíes incrustados!". Y luego de departir alegremente con nuestra leal amiga acerca de su maravilloso cordel, continuamos nuestra conversación en torno a los castillos azulados.

"¿Cómo sabremos al que debemos accesar? Si estuviera con nosotros el amigo Destino, nos daría alguna guía, la que nos serviría de mucha utilidad". Y mientras pensaba en lo que debíamos hacer para escoger al que íbamos a entrar y aparecían a nuestro alcance toda una variedad de reinos azulados, me recordé de las palabras de mi amigo barbado y de lo que empezaba a narrar aquella burbuja del manto acuífero, que me habló y desapareció precisamente cuando mis amigos me reencontraron... Con ciertos antecedentes tomé la decisión de visitar un castillo que tuviera un nombre que iniciara con la letra "A" y esto se debía a que tiempo atrás, la burbuja encantada me iba a narrar algo fundamental que empezaba con dicho vocablo y decidí tomarlo como una señal. Así fue como empezamos a preguntar los nombres de cada uno de los castillos y conforme se nos aparecían, nos respondían de diferentes maneras. Algunos mostraban escrito en la puerta de la entrada sus nombres. Otros, lo vociferaban, mientras que unos anunciaban al son de trompetas sus distintivos y cuando algún castillo tenía una designación que iniciaba con la letra "A", observábamos sus características para grabarlas y colocarlo en nuestra lista de posibilidades. Entre los cincuenta y dos templos a los que preguntamos sus nombres, había dos que tenían un nombre que comenzaba con dicha vocal. Hacer la selección del que íbamos a visitar, era algo que con seriedad debíamos considerar.

"No te apresures Krita", dijo la abeja. "Recuerda que tienes en tu poder varias herramientas y que con ellas podrás hacer la mejor selección". "¿A qué te refieres?", le consulté y ella mencionó: **"Tu prendedor es poderoso, también lo es tu anillo de corazón; tienes el frasco que la ninfa te entregó y entre tus facultades, cuentas con muchas para tomar la mejor decisión".** "Gracias por recordármelo", le respondí. Fue cuando

Khuba nos propuso: "¿Por qué no formamos dúos y visitamos tres castillos en vez de uno?". Entonces le recordé que únicamente son dos castillos los que inician su nombre con la letra 'A'. Y nos volvió a dar su opinión: "Creo que debemos visitar otro palacio y considero que podríamos escoger entre los cincuenta restantes, uno más al cual nos guíe la intuición". "Me parece", expresé. "¿Cómo será el método de selección?", nos detuvimos a reflexionar, mientras nuestros compañeros balbuceaban: "Pensándolo bien, es mejor visitar un castillo más al azar, aunque su nombre no inicie con la letra A", entonó el gorrión; mientras Dundra movía su rabo en señal de aprobación. "¿Y ustedes qué piensan?", me dirigí hacia la abeja y hacia Sam, quienes no habían dado sus opiniones todavía. Ella me respondió: "Toma tú la decisión Krita, te apoyaré". Al escuchar su respuesta, Sam meditó unos instantes y al cabo de un momento contestó: "**La intención de ayudar a las ruinas de la Tierra no nos permite fragmentarnos, siempre estaremos unidos por el Amor que conlleva la misión, aunque formemos dúos y nos desplacemos hacia tres reinos diferentes. Sin embargo, recuerden que el tiempo en el planeta transcurre rápido y que se hace necesario proceder**". Después de escucharlos, inmediatamente reafirmé: "Creo que debemos poner en marcha la propuesta de KhUBA". Y así fue…

"Yo iré con Sam", dijo KhUBA, quien con entusiasmo respondió formando el primer dúo. El pequeño volador tarareó: "Mi par será con Dundra", mientras mi fiel amiga muy alegre se movió en señal de aprobación y el tercer grupo lo formamos con la alquimista. No acabábamos de organizarnos cuando los dos castillos luminosos que habíamos escogido simultáneamente se acercaron lentamente hacia nosotros. Parecían haber escuchado nuestra conversación y estar dispuestos a llevarnos hacia su interior. Sus intensos tonos celeste contrastaban con la blanca niebla sobre la que se sostenían y en sus torres pudimos apreciar una arquitectura redondeada, de la que brotaban gajos de piedras luminosas. Desde el interior del primer castillo emanaron rítmicas notas musicales que cautivaron al segundo dúo, que dejó ver la antesala de la entrada, cuando al tocar abrió su puerta de par en par para dejarlos entrar. Y mientras el gorrión y mi fiel aliada se perdieron de nuestra vista, pudimos apreciar que desde su rascacielos brotaban gajos de turquesas y alcancé a escuchar el eco de un ladrido de Dundra, con el cual capté una sensación de mucha alegría.

Luego de unos segundos la abeja nos propuso lo siguiente: "¿Pueden ver esa cometa con su larga cola? Pidámosle que nos ayude y que se pose sobre el palacio que debemos visitar". Y sin tener que repetirlo otra vez, el resplandeciente astro rápidamente se colocó sobre el más distante de todos. "¡Muchas gracias!", dijimos al unísono. "¡Pero nos tomará mucho tiempo llegar hacia él, se encuentra tan lejano a todo…!", exclamó la abeja mientras me dirigí hacia el astro fugaz: "Señora cometa, necesitamos llegar al reino donde usted nos ha indicado visitar, ¿nos podría ayudar?". Y en un dos por tres, nos vino a recoger. Nos subimos en su cola y antes de partir me dirigí hacia Sam, quien al lado de KhUBA seguía paso a paso nuestra decisión. Cuando lo llamé, voló rápidamente hacia mí y situados entre el maravilloso cielo empezamos nuestro diálogo: "Díme Krita, ¿en qué puedo servirte?". "Querido Sam, hay algo que te tengo que entregar antes de partir. Una bondadosa señora de gran sabiduría, me entregó un estuche que es para ti. Me explicó que dentro del encontrarás un báculo que ha sido fundido con una aleación mágica de plata. Posee diamantes y cristales que tienen amplias propiedades, además de haber sido forjado con la luz de la luna y con la ternura de un hada". "¡Esta es una bendición!", inmensamente feliz expresó y proseguí a continuación: "La dulce dama me comentó que te pertenece y que responderá exclusivamente ante tu tacto, así que debe ser tu prenda eterna. No te desprendas de ella, ni se la fíes a nadie. Únicamente tú puedes usar el báculo". "Así lo haré", dijo él y con su patita redoblada lo tomó entre su casco y al sacarlo gradualmente del estuche expresó: "**Te recibo con el Amor que te crearon y te usaré para reedificar el bien**", mientras una aureola de intensa luz lo rodeó. Luego de colocarlo adentro del estuche y de colgarlo sobre su lomo, nos dijimos un "¡Hasta pronto!".

Y mientras volábamos sobre la cometa y nos dirigíamos hacia *El Último Castillo Azul,* ella nos narró algo que nosotras no sabíamos… "El unicornio a quien le acabas de entregar ese instrumento para hacer el bien, es el único alado. Si se fijan, los unicornios no tienen alas, sino que únicamente poseen su bellísimo cuerno. Mientras que los pegasos son los que poseen alas, pero no tienen cuerno". "No lo sabía", dije. "Ni yo tampoco", respondió la alquimista. Y luego continuó su narración: **"Sam es el nieto de Asallam, quien ha heredado de su abuelo una misión muy importante para la Tierra. Cuando él nació, le visitó un hada y cuando Asallam le reveló su deseo de que el pequeñito pudiera desplazarse sobre el firmamento, ella le dotó de un par de sus ocho alas; es por eso que aunque originalmente es un unicornio, puede volar"**.

"¿Lo sabrá él?", nos preguntamos, mientras la cometa agregó: "Sería bueno que cuando lo vuelvan a ver se lo digan, pues quizás desconoce sobre su historia familiar, la que verdaderamente es ejemplar". "Y a propósito señora cometa, ¿quién era el abuelo de Sam?", la interrogué, mientras la alquimista al unísono exclamó: "¡Mira Krita, ya casi hemos llegado al más distante de los castillos…!". Y en medio de la alegría que nos producía estar frente a esa inmensidad, la cometa rápidamente nos alcanzó a relatar: **"Hace miles de miles de años cuando la Tierra era un magnífico edén donde nadie batallaba sobre su faz, les visitó una sombra oscura que intentó producir sobre ella fragmentación y sequía. Cuando Asallam, el abuelo de Sam, se dio cuenta de lo que acontecía, con**

97

su cuerno batalló para devolverle su prosperidad. Así es como los terrícolas le deben estar eternamente agradecidos a Asallam y deben de cuidar a Sam, como una muestra de su gratitud y fidelidad...".

Y a continuación le pregunté: "¿Cómo lo sabes?". "Mi familia de cometas transportó desde su reino a Asallam y lo condujo al planeta que es tu hogar". Y mientras cautivada la escuchaba, la cometa anunció frente al castillo: "¡Hemos llegado!". "¡Es inmenso!", pronunció la alquimista, mientras nos bajábamos de su larga cola. "¡Muchas gracias señora cometa!", le dijimos al unísono. **"Las he dejado en su reino azul y les deseo mucha suerte en su misión"**, nos respondió y en un abrir y cerrar de ojos desapareció... La torre del castillo más lejano ofrecía una vista espectacular de ese basto espacio en el que habíamos volado. "¡Mira el firmamento, es grandioso y tan perfecto!", exclamó la alquimista. Y luego de flotar-andar y de admirar lo fascinante que era estar viendo las espirales de los grandiosos universos, decidimos bajar una escalinata y **fue allí cuando mi prendedor empezó a emanar su radiación violeta** y paulatinamente se abrió una puerta dejándonos ingresar sin dificultad.

Conforme descendíamos como flotando sobre la trasparente escalinata que nos condujo hacia un amplio vestíbulo, donde prevalecía el blanco y la luz, en voz baja la abeja se dirigió hacia mí: "¿Adónde hemos llegado

Krita?". De inmediato y sin pensarlo le respondí: "Donde debíamos llegar…". Al contestar, el arpa que siempre acompañaba el resplandor de mi broche — cuando me encontraba ante la benignidad —, hizo retumbar un sonido maravilloso en el interior de la torre **donde la acústica activó la rotación de un cristal**. Este era de forma completamente circular y parecía flotar sobre un cilindro transparente ubicado en el centro de un bello salón, de donde se desprendía una luminaria de gotas de cristal de cuarzo, que caían a manera de lluvia sobre la misteriosa esfera, a la que no lográbamos tocar. Poco a poco, esa pequeña circunferencia de cristal giraba más veloz y a medida que nos acercábamos, detectamos que su rotación era en dirección opuesta al movimiento de las agujas del reloj.

Conforme se magnificaba de tamaño, generaba una melodía vibratoria que penetraba a mis fibras más íntimas y su sonido armonioso ascendía a notas elevadas. Mientras eso sucedía la esfera de cristal crecía hasta volverse inmensa e inundar el salón donde permanecía. ¡Era impresionante estar frente a ella! Por momentos la vibración de ciertas ondas que captaba, la hacían reducir de diámetro hasta volverse casi imperceptible; mientras que en ocasiones aumentaba a una dimensión que parecía traspasar del castillo e incluso explotar más allá del vasto espacio. "¿Por qué será que oscila tanto?", nos interrogamos; mientras nos quedamos largo rato como hipnotizadas viendo y escuchando su fluctuante vibración. "¡Es un cristal bellísimo!". "Sí que lo es, ¿has notado que a veces varía de color?". "Tienes razón, es que su variación es tan sutil. Ahora parece tintarse de cierto verdor", y no había acabado de decirlo mi amiga alada, cuando se magnificó un poco más de proporción, transformando su tono hacia un violáceo.

Cuando nos habíamos familiarizado un poco más con sus movimientos oscilantes de expansión y compresión, empezamos a intuir que podría ser que el bellísimo cristal llevaba el registro exacto de lo que sucedía a su alrededor y mientras dilucidábamos más sobre la extraordinaria circunferencia cristalina y acerca de sus propiedades, KhUBA llegó a mi memoria. Mientras pensaba en él, noté que la tendencia de la esfera cristalina era mayor y que la vibración que desprendía el enigmático globo de cristal generaba una sensación de bienestar. "¡Mira Krita, su dimensión ha variado!". "¿Sabes qué alquimista?, he observado que cada vez que pienso o que experimento algún sentimiento que pareciera conectarse a mi sentir, el cristal oscila de tamaño", le respondí. Fue cuando mi compañera abeja me cuestionó: "¿Qué piensas ahora?"; "en KhUBA…", le contesté. Cuando mencioné su nombre el cristal se expandió y la sintonía musical que lanzó fue tan maravillosa que llegó hasta el fondo de mi sentir.

"Es curioso, ¿has observado que cuando mencionas el nombre de KhUBA, su proporción es mayor?", señaló la abeja. "Así parece", le respondí. Realmente el misterioso cristal me tenía impresionada, tal parecía que leía lo que sin hablar pensábamos y que se sintonizaba de tal manera con nuestros sentimientos que los representaba fielmente con tonos musicales que generaban su fluctuación de tamaño. Al cabo de un rato nos preguntamos acerca de lo que podrían estar tramando los 'cola larga' y al hacerlo, el cristal de inmediato se redujo a su mínima expresión, acompañado de una vibración desafinada que molestaba nuestra audición... Luego pensé sobre el paradero de Sam el unicornio y cuando lo hice, observamos que su rotación fue a mayor velocidad produciendo la emisión de una voz musical que nos generó una plena sensación de felicidad. Tan bella era la melodía que desde su centro lanzó un rayo de luz, el que a manera de proyector reflejó sobre una superficie completamente blanca. Su reflejo simulaba ser una proyección sobre una pantalla, la cual podíamos ver cual si fuera una película que se reproducía sobre la plataforma. Sorpresivamente vimos que se trataba del dúo de amigos a quienes habíamos dejado al frente del castillo al que iban a adentrarse. La alegría que sentimos al ver sus imágenes proyectadas magnificó al cristal, de tal forma que pudimos ver cuando nuestros amigos ingresaban a un reino donde sobresalían manantiales y fuentes en medio de una floración de piedras de jade de diferentes tonalidades, entre las que un ónix ocupaba la posición central. Observamos que KhUBA flotaba sin tocar el suelo de suave color, mientras que Sam, al galopar, lograba hacerlo directamente sobre el mismo y por más que KhUBA intentaba tocarlo con sus manos y sus pies, el unicornio gozaba de ver que no lo podía hacer y nosotras nos sumamos a sus risas… "¿Cómo lo logras?", le preguntaba KhUBA un tanto extrañado a Sam, quien impresionado por lo que le sucedía le respondía: "No lo sé". Reímos a más no poder y gozamos de saberlos bien y cuando lo hicimos, la esfera grabó la emoción que en nosotras surgió. **"Si te fijas, en el cristal se registran nuestros sentimientos…"**, expresó la abeja. "Así parece ser, ante las alegrías eleva su música, lo que lo hace expandirse aún más", reafirmé.

El lugar donde se encontraban nuestros buenos amigos parecía recibirlos con mucha cortesía, sobre todo a Sam, a quien alguien le había colocado una capa blanca afelpada con una insignia grabada en dorado con el vocablo de la 'A'. Cuando trotaba, las trompetas adentro del castillo parecían anunciar su galopear, mientras que KhUBA admirado le seguía por detrás... Cuando esto sucedía, un sentimiento se apoderó de mí y me empecé a preguntar: "¿Cómo estará la ardilla? ¿Adónde se habrán refugiado papá y mamá? ¿Se habrán secado los tallos de las rosas que iban a germinar? ¿Dónde estará la humanidad? ¿Será que mis preguntas podrían activar una película que los proyecte a todos aunque sea por un segundo?", le cuestioné a la abeja. Y en el momento que lo dije, la esfera de cristal emitió una melodía nostálgica que la redujo a su mínima expresión… "¿La has notado Krita? Parece ser que tu tristeza casi aniquila su

Presencia. **Por lo visto, debemos cuidar que la alegría no deje de existir".**

Inmediatamente pensé en el destino de la humanidad y de los reinos existentes, en la situación de la Tierra y le reafirmé a mi amiga: **"¡Nunca dejaremos que muera!".** Al pronunciarlo con énfasis y plena convicción, el sentimiento unificado de felicidad la hizo vibrar con una elevada sintonía, que la magnificó en toda su dimensión".

¡Te salvaré!

Mientras todo esto acontecía la expansión del cristal
generaba un sonido profundamente penetrante y
vivificador, mostrando su plenitud total... Era tal su
vibración, que mientras hacía brotar la más bella música
jamás imaginada, se fue abriendo muy lentamente una
compuerta a la par del lugar donde nos encontrábamos.
Cuando esto sucedió nos volvimos a ver mútuamente y
sin pronunciar palabra alguna, nos fuimos adentrando a
través de un orificio de tonalidades grisáceas y terracotas.
Al hacerlo, aquel hueco pequeño quedó relativamente
abierto y se fue abriendo ante nuestros sentidos una
bóveda que conforme andábamos se ampliaba de tamaño.
**Nos situamos al centro de ella y vimos que parecía
contener las proyecciones de dos mundos
diametralmente diferentes.** Su aspecto redondo
mostraba una clara división que replicaba dos sensaciones
de diferente color. Uno de los dos extremos de la cúpula
proyectaba luz, mientras que el otro lado tenebroso a
medida que volvíamos la mirada hacia su interior,
escasamente dejaba ver el fondo. Al acercarnos un poco

más nos colocamos frente al primer mural iluminado, tenía dibujado un bosque que movía las frondosas copas de árboles ancestrales y mientras observábamos el escenario bellamente dibujado, un sentimiento de nostalgia me embargó cuando recordé a la aldea donde fui tan feliz. Me fue imposible resistir el deseo de pasar mi mano suavemente sobre la pintura, extrañando aquellos días atrás… A medida que acariciaba las frondosas copas de los árboles que estaban impresas en el ventanal y mientras rememoraba los árboles ancestrales que adornaban mi antigua comarca, parecía abrirse un telón cuajado de orquídeas, mostrando un intenso colorido natural. "¡Qué bellas son!", mi amiga alquimista maravillada expresó, acercándose a la más blanca de todas y mientras mi tacto las acariciaba, gradualmente se fue abriendo ante nuestros ojos un ambiente que dejaba ver un lugar similar donde aquel ser azul de alas cortas no me dejó accesar. Por respeto a su privacidad decidí no entrar, aunque un columpio de bejucos varias veces se nos aproximó como invitándonos a adentrarnos más hacia ese lugar donde la naturaleza magnificente mostraba una siembra de agapantos, entre los que mi compañera la abeja, deseaba internarse y volar…

Luego de mirar los escenarios dibujados sobre la amplia transparencia, nos aproximamos más hacia el otro lado del salón donde sobresalían rostros de desesperación entre una oscuridad abismal, la que no nos dejaba visualizar más allá. Mientras la otra parte de la estancia reflejaba a seres de sentimientos nobles y que vibraban a plenitud proyectando mucha claridad. En el lado nebuloso se veía el maltrato que imperaba en todos los rincones de la esfera y cuando nos acercamos más hacia el mural para poder apreciarlo, la imagen de una niña pequeña y de rostro muy triste nos llamó la atención. Al fijar nuestra mirada en ella, mi amiga voladora se le acercó y la roció de su miel, lo que activó una conversación que había quedado grabada en el vitral, la que escuchamos con profundo respeto y amor: "Mi vida sin ti, ya no podría ser igual. Tampoco ha de serlo sin la rana y el pato que al lado del estanque venían a alegrarme con sus cantos. No quiero irme de aquí, las flores sin mí se sentirían demasiado tristes. ¿Y Nicolás, adónde irá? Ven, ayúdame a encontrar un escondite seguro donde los malos no me puedan hallar, a resguardarme en el hueco de este tronco donde habita el pájaro carpintero, quien con su fino picotear me despertará cada mañana como si fuera el reloj despertador de papá. Por favor grillo cantor, no quiero irme de aquí. No me delates, ni le digas a nadie que desde ahora este será mi nuevo hogar". "Chirriii", su amiguito respondió en señal de aprobación y antes de pasar hacia la otra escena dibujada en el vitral, encontramos a nuestro paso muchas lágrimas incrustadas en los pedazos de troncos de árboles de roble, en el aire y en los huecos secos donde parecía que antes del incendio que había esparcido de cenizas todo el contexto, habían cascadas cristalinas y muchas manifestaciones de vida…

"¡Mira Krita!", pronunció la alquimista y al volver mi vista hacia donde me indicaba, me di cuenta de que en una hoja seca que parecía haberse desprendido de un árbol hace muchos años, se lograba visualizar una silueta casi borrada en la que el rostro de una mujer joven de aspecto dulce había quedado plasmado. Al notarla y tomar la hoja reseca entre las palmas de mis manos, extraje una gota del fluido del cilindro que la ninfa mayor me brindó — que hace mucho tiempo guardé —, el que al ungir sobre su rostro me permitió registrar una viva escena que había quedado impregnada como reminiscencias de un ayer… Era un momento tan tierno entre ella y su pequeña hija, que había quedado petrificado en la naturaleza como un símbolo del Amor que solía existir entre la raza humana. "Pero si su expresión es sagrada, ¿a qué se deberá que esta sublime vibración se encuentre entre los murales que representan el lado oscuro de la bóveda?", se cuestionó la abeja y nos sentamos un momento frente al vitral, tratando de interpretar si lo debíamos trasladar hacia aquel lado claro donde la bondad nos remitía a los valores que deberían de prevalecer en el planeta.

Después de buscar otra evidencia entre un promontorio de hojas igualmente resecas por el tiempo, encontramos unas letras incrustadas en un pétalo disecado, las que al rociar con aquella esencia sobre sus pecíolos cobraron vida y nos hablaron: "Soy una huella apenas, un vestigio de lo que aconteció cuando una devastadora guerra aniquiló a todos sus habitantes, entre quienes murieron criaturas de noble corazón. Indiscriminadamente mataron a venados, liebres, a osos, también aniquilaron bosques enteros y a cada una de sus formas de vida y fue allí cuando esa madre que ha quedado retratada entre las memorias de la naturaleza mutilada, abraza a su niña antes de morir con la explosión de una potente bomba que apagó a la población en su totalidad". "¡Asesinos!", con mucho dolor exclamé y la hoja continuó su narración: "**Toda esa tristeza dispersa y expandida por tantos rincones del planeta ha enfermado al corazón de la Tierra, el que a pausas va dejando de latir...**".

Entonces con elevada voz pronuncié: "**Hacia él nos dirigiremos ahora, con el deseo de impregnarlo de fe y de alegría, para ayudarle a reconstruir la desolación que tanto acto inhumano ha sembrado por todos lados**". Y la hoja antes de cerrarse nos dijo: "No le digan a nadie hacia donde se dirigen, que si el imperio del mal detecta su maravillosa intención, podría tenderles una trampa y es por eso que me doblaré completamente, para que si pasan por aquí, no registren ninguna evidencia de nuestra conversación. Pero antes de que continúen su viaje, les pido un favor, colóquenme por debajo de aquella roca, para que no quede rastro alguno de nuestra interacción".

Fue cuando la abeja alquimista con su zumbido habitual le habló y ambas llegaron a la decisión de que con el fluido de la ninfa borraríamos lo que habíamos hablado.

"Muchas gracias señora hoja", le expresamos y antes de cerrarse y callar, concluyó: **"Mientras existan Seres que se esfuercen con Amor para que la Tierra se recupere, el corazón, aunque tenue, latirá para esperarles y unirse a su misión. Adelante y cuando escuchen cierto ritmo parecido al de un gigante corazón, síganlo sin detenerse y sin volver la vista hacia el ayer".**

Continuamos observando lo que acontecía en la pintura del siguiente vitral y notamos que en el interior del tronco de un árbol moraban el grillo y su amiga. La pequeñita había crecido y vivía al lado del jovial compañero dentro del corazón de un gigante eucalipto que alcanzaba a llegar hasta el inmenso firmamento. "Les depositaré algo de mi miel, antes de pasar hacia otro mural", mencionó la abeja y mientras lo hacía, me quedé afuera esperándola. Después de cierto rato regresó y me narró: "Es uno de los árboles más grandes que he visto — calculo que mide cerca de cien metros y el grosor de su tronco alcanza fácilmente los diez metros de diámetro —, debo decirte Krita, que en su interior ambos viven muy cómodamente". "Me alegra saber que se ha preservado intacto ese monumental Ser, representa una gran esperanza…". Y la alquimista dijo, "me tomó bastante tiempo bordear todo su contorno con una capa gruesa de miel, debido a que muy cerca de sus raíces alguien ha hecho un túnel que segrega de la sustancia letal, la que si lo llega a tocar, acabaría con la vida de todos los Seres que moran en su interior". "¿Estás segura de que no logrará penetrarlo?", quise corroborar.

"Completamente y esto se debe a que el misterioso eucalipto se ha revestido de una resina que le aleja de cualquier intoxicación, además de que le he reforzado como doble medida de seguridad, con mi néctar que le ayudará a mantener su vida".

Decidimos avanzar en el interior de la bóveda y al continuar nuestra marcha, nos colocamos frente al vivo retrato de la tristeza que le producía a los migrantes tener que abandonar sus hogares… Había en ese plano el registro de tantas injusticias que se habían cometido, las que gradualmente inundaban el lado derecho del lugar donde nos encontrábamos. Vimos una serie de ingratitudes y de actos inhumanos, como cuando algunos peregrinos ingresaban a nuevos territorios donde intentaban subsistir y eran maltratados sin ninguna piedad. Más adelante y siempre en el mismo lúgubre lugar, había un mural que replicaba el exterminio de la Tierra y mostraba una enorme masa cubierta con aquella mugre pegajosa, la que parecía alimentar a las criaturas horrorosas. Ante ello y con atinada visión, la abeja exclamó: "**¡Esa es la escultura que se hunde en aquel redondel!**". Al escucharla discerní de inmediato que la masa esférica plagada de suciedad representaba cual si fuera una maqueta el hundimiento de la Tierra y al verla casi sucumbir, coloqué mi frente en el vitral sobre ella y desde mi interior le repetí con la más convincente voz que brotó desde el fondo de mi corazón: "**¡Te salvaré!**". "**¡Te prometo que lucharé porque nunca mueras…!**".

111

Al vociferarlo con plena convicción hubo un estruendo tan tremendo que nos movió unos metros del lugar de donde nos encontrábamos... "¿Qué sucedió?", aturdidas nos interrogamos, mientras el globo que contenía los murales se fue abriendo lentamente mostrándonos una hendidura similar a la anterior, por la cual penetramos las dos. Nos quedamos perplejas al encontrarnos situadas más adentro de la circunferencia, tanto así que decidimos observar por un momento lo que ocurría a nuestro alrededor. Luego de haber estado en profundo silencio, surgió una duda que la abeja me manifestó: "¿Cómo haremos para salir de aquí?" y la verdad es que ni idea tenía de lo que ocurriría en esta nueva ruta que se abría ante nosotras. "No lo sé, pero **antes de pensar en esa alternativa para salir, debemos cumplir la misión para ayudarle al planeta que nos recibió al nacer...**". "Estoy de acuerdo", respondió.

La textura del suelo sobre el cual nos encontrábamos era de aspecto corrugado y su color tenía diferentes matices de gris. Por encima volaban ciertas partículas redondas y pequeñas que poseían luz propia, las que generaban una aureola roja y se movían lentamente como custodios de ese lugar. Solían desplazarse hacia múltiples direcciones y lo extraño era que cuando tocaban el subsuelo, tendían a difuminarse completamente dentro del mismo. Mientras empezábamos a conocer el ambiente, una de ellas se me acercó y se detuvo unos instantes frente a mí, parecía observarme detenidamente y al hacerlo, emitía un sonido similar al de una máquina antigua de escribir. Luego de unos instantes continuó su recorrido hasta que cayó sobre el suelo para fusionarse completamente con la capa grisácea, como lo hacían las demás. Cuando se me aproximó pude notar que en el centro de aquellas pequeñas luces rojizas y redondas que circulaban alrededor del material gris, había una luz blanca, la que simulando un núcleo que posee su propia inteligencia registraba mi presencia.

En medio de dicha atmósfera empezamos lentamente a avanzar y mientras la abeja inspeccionaba unas rocas, noté que una pequeña piedra de forma irregular, lentamente se movió: "¿De dónde vienen y quiénes son?", con voz grave nos cuestionó. Le narramos algo de nosotras, mientras nos dijo que era un molusco petrificado que había iniciado su vida en el mar, pero que le había tocado adaptarse a ese lugar… "¿Por qué no vuelves a tu medio?", quise saber. "Debido a que el océano donde habitaba se secó y desde entonces me aferré a este lugar para poder subsistir y no dejar de existir".

"Yo también hice lo mismo", habló una gran roca con pinceladas rojas y oscuras. "¿Y los demás?", pregunté. "Aquí nos encontramos", respondieron muchas voces, sin hacerse evidentes ante nuestros ojos. "¿Por qué no los podemos ver?", interrogó la abeja. "Porque estamos fosilizados para protegernos de los sucesos que han acaecido en el planeta", respondió un pequeñín saltarín de ojos protuberantes. "¿Y porqué tú no lo estás?", quise saber mientras nos acercábamos más y más hacia esa criatura misteriosa. "Lo estaba, hasta que tu amiga voladora dejó caer una gota de su miel sobre mi piel y con ella volví a mi forma original, lo mismo le pasó a la magmática". "¿A quién?", le interrogamos. "A ella", dijo, refiriéndose a la roca. "A propósito, ¿adónde se dirigen?", nos preguntó el pequeñín. **"Al corazón de la Tierra",** le respondí. "¿Qué ustedes son cardiólogos?", mencionó interrogándonos el chiquitín bípedo. "¿Por qué lo crees?", la abeja lo interrogó. "Bueno, porque antes de que murieran mis ancestros, escuché decir que algún día vendrían a sanar el corazón del planeta y que mientras eso sucediera, debíamos vivir en este espacio donde un representante de cada especie guardaría las memorias de su raza".

"Lamento decirte que no somos doctores, pero que sin serlo, le ayudaremos al corazón de nuestro planeta para que se recupere de tantos sufrimientos", le respondimos a su cuestionamiento. "Entonces quizás no deba acompañarles porque recuerdo que mis abuelos mencionaron que unos especialistas lo vendrían a sanar y he escuchado que a quienes suelen sanar el corazón, los llaman cardiólogos y si ustedes no lo son, quizás deba quedarme esperando la oportunidad para ayudar a algún médico especializado que ha sobrevivido y que algún día podría venir". "Respetamos tu posición, pero al menos cuéntanos cómo hacer para poder llegar hasta él", le pedimos de favor. Y cuando nos iba a empezar a narrar lo que hacer para lograr nuestro propósito, la resistente roca magmática se nos aproximó y dirigiéndose hacia nosotras dos, con voz pausada y muy bien modulada pronunció: **"Las acompañaré porque veo que tienen mucha fe en su misión"**. Ante lo que el pequeñito agregó: "Pero magmática, ¿qué haremos si vienen los especialistas a sanar el ritmo cardíaco de la Tierra? Sin nosotros como guías, no podrían lograr llegar hasta donde se encuentra". Fue cuando entonces ella le respondió: "En su momento ellos sabrán lo que deberán hacer". Y después de haber escuchado lo anterior, **el simpático sauro, dirigiendo su mirada hacia la roca, le expresó: "Si tú vas, nada malo me sucederá, así que también yo iré"**. Y así fue...

Antes de partir nos sentamos los cuatro a escuchar a la naturaleza petrificada, quien desde ese estado nos habló: **"Adentro de una caja de cristal de cuarzo de seis caras encontrarán al corazón. Un valiente joven que posee un prendedor es su custodio, además de que con su prenda alivia su dolor. Si no se encuentra a su lado cuando ustedes logren accesar, podría ser que haya salido a la superficie para captar algunos rayos del sol, que aunque sutil, todavía alcanza a salir. Con un poco de su luz recarga su valioso prendedor, con el cual le lleva energía concentrada al corazón. Parece que él le ha ayudado mucho, pues además de hacerlo con bondad, mejora a su estado anímico. Aunque una hormiga que pasaba el otro día nos contó que la cronicidad de tanto**

golpe, lo ha debilitado mucho y que está a punto de dejar de latir". "Gracias por darnos tan importante información, la tomaremos muy en cuenta para agilizar nuestra misión. Pero desearía saber antes de partir, algunas características de ese joven que aliviana su dolor".

"Nunca lo hemos visto, pero las voces de la naturaleza nos han narrado que encierra en su alma mucha nobleza y que porta el más bello prendedor, del que emana un sonido angelical…", respondió una anémona enquistada en una piedra, quien a su vez siguió conversando con nosotros. "Para llegar hasta él, deben cruzar un puente que posee una gran sabiduría ancestral, que jamás ha permitido que atraviese el mal. Cada vez que los malvados han intentado cruzarlo, para apoderarse del tesoro custodiado, no lo han logrado atravesar". "¿Es necesario pasar el puente o es posible atravesar el río?", quise saber. "Ambos están unidos en su misión de custodiar los alrededores de donde se encuentra el latido de la vida terrenal, a tal grado que son uno mismo. Juntos han lanzado un fuerte caudal y han cerrado las compuertas para no dejarlos accesar, cada vez que algún intruso ha intentado cruzarlos. Es por ello que el imperio de los 'cola larga' no ha logrado traspasar, porque si lo hacen, aniquilarían el bien que todavía existe en el planeta". "¿Y si el puente no nos deja atravesar y nos ahoga?". "Jamás lo hará, su discernimiento es poderoso y sabrá leer los dictados de sus corazones bondadosos…". "Solamente algo más…", una almeja en tono bajo me llamó y al aproximar mi oído hacia sus labios susurró: "Adentro del río habita **Rhom**, el gran espíritu. Recurran a él, quien con su fuerza los podría ayudar y guiar si así lo necesitaran". "¡Muchas gracias!", exclamé.

Emprendimos con la abeja una aventura existencial. Al lado de nosotros rodaba ágilmente la enorme roca que nos acompañaba en la misión, la que sería una maravillosa protección y quien con toda propiedad nos habló: "Si alguna criatura venenosa se nos acercara, de inmediato me abriré para que los tres entren rápidamente dentro de mí". "¿Y cómo podremos respirar dentro de ti?", alarmada por su ofrecimiento le pregunté. Me respondió: "Un mineral de mi rango contiene además de oxígeno comprimido, una serie de minerales como lo son el magnesio, el fósforo, en fin, hasta de calcio te podré proveer, si encuentro que adoleces de él". Y posteriormente la abeja dijo: "Me tranquiliza escucharla tan segura de usted misma, ¿acaso estaremos comprimidos sin podernos mover, ni volar?". Y la magmática reafirmó: "Sin duda alguna que será un lugar pequeño, aunque he aprendido a expandirme cuando encierro misterios, tanto así que de un metro que mido de estatura, he logrado flexibilizarme hasta una proporción de cinco metros y medio. Y esto precisamente lo he podido alcanzar, con el afán de poder proteger a Seres que luchan por el bienestar de este paraíso a punto de extinguirse". "Lo comprendo y le agradezco su valioso ofrecimiento", mi amiga voladora respondió y a continuación, lo hice yo: "Ojalá papá y mamá se hubieran encontrado en su camino a alguien como usted, quien los preservara de tanta maldad…". Entonces la noble roca continuó su explicación: "Cuando se cruce cualquier peligro frente a nosotros, me volveré a abrir para que ingresen adentro de mi". "¿La escuchaste?", impresionada interrogué a la abeja: " Sí, la magmática mencionó que nos tragará y que en su barriga estaremos a salvo", dijo la alquimista. Fue cuando recordé: "Será como aquel maravilloso cuento que la abuela nos narraba a todos los niños de mi antigua comarca".

"¡Cuéntamelo!", muy alegremente dando saltos me lo pidió el sauro y a continuación le narré un pequeño fragmento: "Érase una vez cuando una ballena se tragó a un niño de madera, quien a los días salió ileso del interior de su estómago. Al hacerlo, navegó hasta la orilla de una playa en su pequeña balsa de maderos, e igual que él saldremos de la magmática…". Cuando el sauro escuchó la trama de aquel famoso cuento, pronunció: "¡Qué bonita historia! Y aunque las ballenas no se comen a los niños, es una lástima que sea tan corta". "Es que en un cuento hay fantasía, luego te la contaré completa", le respondí y el sauro dijo: "¿Sin la imaginación qué sería de la vida? Lo esperaré con ilusión y en cuanto al ofrecimiento de la ancestral roca no se preocupen, no tengan miedo, yo ya he estado adentro de ella y nada malo bajo su protección nos podría ocurrir…". "¿Dices que has estado en su interior? ¿Y cuánto tiempo has permanecido allí?".

"Bueno, no lo sé, quizás fueron mil años…", lo que debo reconocer que nos calmó a las dos, aunque una voz interna me visitó: "¿Y si nunca podemos salir de allí? ¿Si los malos se dan cuenta? ¿Si la quiebran en fragmentos con uno de aquellos artefactos y nos parten en pedazos?". Cuando la abeja pareció adivinar lo que sentía y me aconsejó: "No temas Krita, la magmática parece tan sabia y de alma buena". "Tienes razón", le respondí.

Mientras caminábamos me acerqué al gracioso saltarín de dos patas, de quien quise saber un poco más. "¿Quién eres? ¿A qué especie perteneces?", y agradado por mi verdadero interés en él, me comentó: "Muchos se olvidaron de nosotros y casi nadie nos ha deseado conocer, salvo aquellos a los que la humanidad ha bautizado de 'extraños', porque parecieron interesados en mi especie. Quizás mi nombre te parezca un poco complicado y muy largo… Mi grupo es uno de los más antiguos de la Tierra. Soy un sauro y debido a que soy pequeño, me manejo ágilmente y mis alas vuelan a gran velocidad". "¿Tienes alas?", lo interrogó la abeja. "Sí, aunque de no usarlas se me han comprimido y atrofiado, razón por la cual solamente uso mis dos patas. No recuerdo como he de abrirlas para poder alzar el vuelo como papá me lo estaba enseñando cuando un gas letal a todos los exterminó y fue allí, precisamente, cuando la magmática me protegió y se convirtió en mi mamá sustituta".

119

Y mientras la alquimista le rociaba unas gotitas de su néctar, empezaron a desprenderse de su cuerpo un par de alas largas y al cabo de un rato las pudo mover circularmente: "Esos ejercicios te ayudarán para poder usar tus maravillosos dones", le dijo su mamá magmática, y poco a poco vimos que el sauro experimentaba pequeños vuelos. Estaba feliz de poder volar y nosotros más de verlo elevar el vuelo con más y más velocidad. "¡Gracias por ayudarme, señora voladora! Papá estaría orgulloso de verme volar con agilidad". "Sin duda alguna lo haces muy bien…", le reforzó atinadamente su maestra; mientras los presentes, en cuenta la naturaleza petrificada, aplaudimos sus proezas. Luego de esa profunda vibración de felicidad y de que sus amigos petrificados se fusionaran con nuestros aplausos, volvieron los demás a su estado de conservación. Y el saurito aproximándose hacia ellos, les dijo: "Gracias por quererme tanto y por haberse despertado para aplaudir mi primer vuelo después de tanto tiempo".

Mientras viajábamos quise conocer un poco más acerca de la misteriosa roca que nos guiaba: "En cuanto a usted señora magmática, desearía saber si todos los minerales contienen sus secretos". "Bueno, la verdad es que mi familia es tan extensa y muy rica, sus propiedades son maravillosas. Algunas como yo, sirven de protección, otras regalan sanación, ciertas variedades guardan misterios, leyendas y secretos, los que no sabremos a menos que nos los quieran develar". En medio de nuestra conversación, el sauro dirigiéndose hacia la alquimista y hacia mí, nos interrumpió: "¿Y ustedes tienen nombre?", — la abeja le contestó por las dos. "Yo soy una alquimista y ella es Krita". "¿Una qué?", repitió el pequeñín y ella muy sonriente le volvió a responder: "Una abeja que segrega un néctar que te despetrificó". Ante lo que el sauro dedujo: "Entonces te llamaré despetrificadora" y todos nos reímos al unísono, mientras el sauro daba vueltas sin parar al vernos carcajear…

Esa criatura ancestral era realmente preciosa. Su cuerpo casi alcanzaba la longitud de los 80 centímetros, sus lindos ojos abultados cuando lograba mayor velocidad al saltar, se tornaban maravillosamente brillantes. Sus alas ligeramente desproporcionadas en comparación con sus medidas, le brindaban estabilidad al volar y su nariz achatada, le daba un aspecto muy singular. Tenía dos gruesas y robustas patas, con las que podía saltar superando las expectativas de quienes le veían alcanzando grandes distancias. Saltaba entre rocosas montañas y el alcance de su vista era más de lo esperado, lo que nos serviría para distinguir cualquier invasión de extraños.

Y mientras caminábamos sobre la superficie gris en **nuestra expedición para encontrar el cubo de cristal que guarda el palpitar de la humanidad** y el sauro se divertía con sus nuevas alas, la misteriosa magmática nos narraba algunos episodios de la vida que ella solía recordar: "Los habitantes a quienes rememoro le entonaban canciones al agua y ella les ayudaba en sus faenas. De las cascadas emanaban unos seres diminutos, quienes se encargaban de mantener la pureza de sus dominios. Cuando todo cambió y se maltrataron los mantos acuíferos, se vieron obligados a emigrar de los ríos, de los manantiales, de las lagunas. Los habitantes eran muy buenos y todos colaboraban entre sí, nadie quería más poder, ni existía la ambición desmedida que gradualmente fue empantanando a la Tierra…". Y mientras el sauro lanzaba desde el espacio un: "¡Miren la rapidez de mi vuelo!" y todos celebrábamos su extraordinaria agilidad, la roca mamá se dirigió hacia él: "En esa gruta que alcanzo a divisar nos refugiaremos a descansar, baja del cielo por favor"; mientras el chiquitín le respondió: "Déjame jugar por los aires un rato más magmática…". "Ni uno más, es buen momento para estar quietos, atentos y resguardados adentro de un lugar que ofrece seguridad", con voz firme le recalcó.

Al escuchar su seriedad, el saurito de inmediato descendió, se colocó a su lado y empezó a andar viendo hacia todas las direcciones. "¿Has distinguido algún peligro?", quise saber y ella nos explicó: "Podría ser que el viento empiece a agudizar y que con sus agudos olfatos nos puedan detectar, así que prefiero prevenir, que lamentar". "Así diría el Destino", dijo la abeja. "¿Quién es ese?", la interrogó el saurito y ella le explicó que es un ser barbado y muy sabio, quien dicta el devenir de muchas situaciones que acontecen en la vida; aunque con las selecciones que hagamos se pueda incidir sobre algunas de sus proyecciones. Y al terminar de escuchar lo que la alquimista le explicó y de observar en el pequeñín cierto desconcierto ante lo que acababan de explicarle, expresé: **"Por ejemplo, parece ser que la humanidad fue creada para vivir en plena armonía, que su destino era la paz y algunos humanos han hecho lo contrario a lo esperado. Si lo notas, aquí no sucedió lo que el Destino había predeterminado; aunque nosotros le podremos ayudar a que se reconquiste la paz y que se cumpla lo que está escrito en sus códigos"**. "¡Detente, Krita!", exclamó el sauro y luego de que los presentes nos detuvimos, dijo: "Entonces quiere decir que estaba destinado a que yo fuera un sauro, pero si quiero ser como tú, puedo tener tus características físicas humanas". "Definitivamente no. Sucede que a veces el Destino se pronuncia de tal forma, que nada podemos hacer para cambiarlo; como es el caso de que eres un sauro y no puedes dejar de serlo. La verdad es que no es tan simple, ni tampoco complicado, poco a poco lo comprenderás y a medida que crezcas, lo sabrás discernir mejor". "Eso espero, porque ese señor del cual hablas más me parece una contradicción", argumentó el sauro. "Verás que no es así, es muy sabio y un gran Ser —al que debemos ayudar, pues ha luchado por milenios contra el mal"—, le confirmé.

El gran misterio de la montaña.

*N*os aproximamos más hacia la enorme montaña de roca calcárea, conforme nos acercábamos más hacia esa imponente elevación, el viento agudizó más su voz y ante una ráfaga de aire fuerte que empezó a circular intempestivamente en torno a nosotros, la magmática se abrió como mágicamente para protegernos de lo que aconteció a nuestro alrededor. En un instante nos absorbió, aunque tan velozmente nos llevó hacia su interior y nos mantuvo adentro de ella, que salimos desde sus entrañas sin haber visto nada, pues la rapidez con que sucedió no nos dejó visualizar más allá. Al volver a abrirse, para dejarnos salir desde su interior, le preguntamos cómo aturdidos acerca de lo que aconteció y ella nos respondió: "Esa ráfaga de aire la lanzaron los reptiloides, quienes han desarrollado una máquina sofisticada que contiene moléculas de gas con las que captan el panorama general por donde pasan y con un extractor recogen lo que a su paso encuentran. Si detectan un cuerpo extraño lo rastrean hasta que por medio de una corriente de aire que narcotiza, lo envuelven y lo conducen hacia su reino". "¡Qué malvados!", dijo el sauro y prosiguió: "Así se comieron a mis hermanos, quienes salieron a pasear y no volvieron a mi hogar y como en aquel entonces yo no podía volar, no los pude salvar. Ahora que he aprendido a hacerlo, los capturaré…". "Nunca lo vayas a intentar sin hacérnoslos saber, ellos son miles, además de que poseen una tecnología muy desarrollada y no los podrías detener", seriamente le manifestó la roca al gracioso y valiente saltarín, quien a su vez le respondió sonriéndole: "Así lo haré, no te preocupes magmática".

Luego de lo que ocurrió en un abrir y cerrar de ojos, simultáneamente le dimos las gracias por habernos protegido. Posteriormente ella rodó, hasta que se acercó con mucha agilidad hacia la fachada de la enorme montaña de roca calcárea, donde finalmente nos dirigimos para resguardarnos del ciclón que parecía formarse en las cercanías. A medida que nos acercábamos más al frente de la elevada montaña, escuchamos un sonido vibratorio que emanaba desde su interior. Al percibirlo, con suavidad se acercó la magmática para entrar en contacto con su fachada — y al hacerlo, de inmediato la montaña abrió una especie de boca gigantesca para dejarnos accesar—. Mientras nos adentrábamos en su interior, era imposible esconder lo impresionados que nos sentíamos ante lo que acontecía en ese lugar tan misterioso… Cuando caminábamos observando cuidadosamente cada detalle, escuchamos que una voz nos articuló un saludo muy generoso. "Bienvenidos a mis dominios y en cuanto a ti, querida magmática, me da inmenso gusto tu visita. Parece tan atinada tu Presencia, ya nos hacías mucha falta. Afuera hay una guerra tan atroz, que no considero responsable exponerse a tanto. Según me cuenta un avestruz, los reptiloides han elaborado artefactos que son explosivos para el planeta. Además, en su última salida él me narró que han aniquilado la fauna y la flora que había. Me comentó que una gran parte de la Tierra está contaminada por una grasa oscura que empantana lo que toca y que **el corazón del planeta parece atenuarse de la tristeza que le genera sentir tanta maldad"**.

Y luego de haberla escuchado, la protectora le respondió: "Tienes toda la razón, salir afuera de tus dominios es demasiado riesgo. No sólo la flora y la fauna han sucumbido, también no hay rasgo humano en mis registros y hemos confirmado que el ritmo del planeta se ha alterado... **Gracias por darnos tu siempre cálido recibimiento, el que agradezco en nombre de todos mis amigos, quienes han emprendido en nombre de las virtudes del planeta un viaje trascendental para intentar salvarlo"**. "Pueden quedarse lo que quieran, aquí estarán protegidos y este es su hogar". "¡Muchas gracias!", le respondimos uniendo nuestras voces a la de la magmática.

Al presenciar tanta solemnidad y sabiduría entre el reino mineral, le manifesté a mis amigos mi gran admiración: "¡Tal parece que es mágica, nunca hubiera imaginado que una montaña hablara y que reconociera a la perfección a su familia de rocas!". Mientras la abeja agregó: "Posee un encanto especial, ¡mira hacia la derecha, si parece que desde su interior brotan gigantes mariposas! Observa aquella que duerme entre las ramas, ¡es tan grande, como un elefante!". Inmediatamente su expresión me recordó aquel paraje en el que el gorrión tembló ante la gigante escultura con la que nos encontramos. Cuando esto sucedió, me dirigí hacia la alquimista rememorando a nuestros amigos: **"¿Cómo estarán Dundra, el gorrión y la amapola con sus niñas?".** Y la alquimista se preguntó: **"¿Qué será de KhUBA? ¿Adónde estará Sam? ¿Seguirá el amigo Destino en aquel lugar donde nadie puede entrar? ¿Qué harán en este preciso instante? Los quisiera encontrar y abrazar o al menos, saber si se encuentran bien…".**

Mientras recordábamos a nuestros buenos amigos, el sauro mencionó: "Nunca había entrado a la barriga de una montaña, la verdad es que siento que a toditos nos tragó". "¡Es gracioso lo que dices!", exclamé y mientras gozábamos con su humor, la roca protectora se dirigió hacia nosotros. "De ahora en adelante hablaremos suavemente y esto es debido a que iniciaremos un largo descenso en el cual cruzaremos a través de la ruta silenciosa. **En ella a veces se logra ver a ciertas especies, las que se albergan como aletargadas en este lugar esperando una señal para poder procrear a las futuras generaciones del planeta, las que algún día al**

salir de esta mina-refugio, encontrarán un verdadero paraíso". Ante la observación de la magmática, en voz casi imperceptible y directamente hacia nuestros oídos, el sauro nos comentó: **"Creo que este es un portal sagrado, el que la naturaleza ha creado en defensa de su vida. Aquí conoceremos un mundo que se fusiona con los orígenes y que encierra dentro de él, a Seres que respetan la existencia"**. "Y tú, ¿cómo lo sabes?", le preguntó con suavidad la alquimista. "Bueno, lo intuyo porque mi abuelo me narraba sus historias y cuando me contó de este portal, me lo describió tal cual lo estamos viendo ahora".

Mientras anduvimos en profundo silencio al lado de la sabia magmática, quien cómodamente se desplazaba descendiendo una vereda que nos conducía hacia algún lugar en especial, me preguntaba en mi interior: "**¿Será que estamos acercándonos a la caja de cristal de seis caras?**", e internamente me respondí: "Ojalá que sea así y que pronto la tengamos entre nosotros". "¿Qué piensas Krita?", preguntó el pequeñín. "¿Por qué me lo preguntas?", le respondí. "Por qué te ríes de emoción…", me afirmó. Y la verdad es que el sauro tenía toda la razón, la sola idea de imaginarme al lado del corazón de mi planeta me generaba una inmensa sensación de felicidad. Así que a ambos les expresé la ilusión que sentía por llegar hasta él. "¡Lo lograremos y lo inundaré de mi miel!", con gran convicción lo reafirmó la alquimista; mientras que el chiquitín juguetón se quedó pensativo sin pronunciar palabra alguna. "¿A qué se debe tu silencio?", quise saber y el sauro me respondió: "Cuando pienso muy profundo acostumbro no hablar hasta que sepa lo que he de contestar y en este momento prefiero callar y meditar en la forma como lo podremos lograr", sabiamente contestó. "¡Tan pequeñito y tan sabio!", dijo la abeja. "Y tan prudente y respetuoso a la vez", dije yo. "Así es", la alquimista concluyó y el saurito satisfecho se sonrió.

Habernos encontrado con él, era una experiencia maravillosa. Era una criatura especial con cualidades excepcionales que nos producía una inmensa alegría en nuestro viaje y mientras andábamos entre amplios corredores internados dentro de la montaña de roca calcárea, nos detuvimos para poder apreciar a la naturaleza de tan maravilloso lugar… Frente a nuestros ojos se encontraba el más inmenso nido que jamás me haya podido imaginar. Eran muchísimos metros de fino colchón de las plumas de sus progenitores, el que conforme nos aproximábamos más podíamos observar sin adentrarnos en su interior. Cuando anduvimos a su alrededor, sentimos un flujo de agradable temperatura que preservaba a una multitud de huevos incubando, entre los que habían de todos los tamaños. Unos tenían ciertas manchas, otros eran de sólidos colores y algunos mostraban como pinceladas dibujadas. "Aquí habitan los seres ovíparos, quienes protegen a las futuras poblaciones", dijo la magmática y mientras maravillados apreciábamos los verdaderos tesoros de la naturaleza fuertemente custodiados, el sauro exclamó: "¡Qué lindos son!, cuando nazcan quisiera estar presente para verlos picotear sus cascarones y darles la más grata bienvenida a la Tierra. Por favor magmática, me traes al momento de su concepción". "Lo intentaré", sonriendo le respondió. "A mí también me gustaría estar presente…", le afirmé, mientras la alquimista dijo: "Me agradaría obsequiarles unas gotas de mi néctar cuando empiecen a andar, la que los podrá fortalecer más". "Los tendré presentes", nos aseguró la mamá sustituta del pequeño sauro.

Maravillados por la belleza de aquella matriz que incuba a una multitud de Seres, fuimos descendiendo por un camino liso que parecía un enorme tobogán sobre el cual la magmática se deslizó sin detenerse hasta que la perdimos de nuestra vista… Y mientras nosotros nos detuvimos en un descanso del camino especulando sobre su paradero, la abeja alzó el vuelo para irla a buscar antes de que nos atreviéramos a saltar sobre ese largo canal.

"¿Adónde estará? ¿Se habrá quebrado en mil pedazos al bajar? ¿Será peligroso aventurarnos sobre ese inmenso tobogán que parece no finalizar?", dijo el sauro. "No lo sé", le respondí a todas sus interrogantes. Y luego de dialogar, el pequeñín me preguntó: "¿Tienes miedo de lanzarte?" y con franqueza le respondí que sí. Fue cuando él me comentó que había escuchado que a veces una mínima dosis de miedo era buena, porque es un reflejo que nos podía evitar una tragedia. "**Considero que no debería existir el miedo, sino más bien la Consciencia y la responsabilidad ante los diferentes actos. Creo que el miedo debemos trabajarlo para erradicarlo, aunque pensar en ese tobogán, me produce un cosquilleo en el estómago**". Y efectivamente los dos estábamos en dicho estado. "No teman", pronunció la abeja cuando regresó y nos escuchó hablar atemorizados. "Me he enterado que el inmenso tobogán tiene mil posibilidades al bajar y que me tomaría una eternidad averiguar a cuál de todos los caminos fue a parar la magmática". "¿Y qué más sabes?", le cuestionamos. "Que todo cuerpo que se desplaza sobre el liso recorrido por donde la magmática se deslizó, entra en una compuerta diferente al anterior, la que se abre para recibirlo. Así que tenemos que pensar de que manera podremos bajar sin separarnos". "¿Quién te lo dijo?", le pregunté. "Un murciélago que habita a la entrada de un canal", nos contestó. "¿Y qué más te contó?", le interrogué. "Que es la única manera de salir de este lugar, además mencionó que cada una de las puertas que se abren nos llevarán a distintos canales de agua, los que nos conducirán a diferentes destinos".

"¿Cómo haré para sobrevivir si no puedo nadar?", con evidente aflicción el saurito gimió tembloroso y luego dijo: "Si mi protectora la magmática me abandonó y ya no se encuentra al lado mío, algo malo me podría ocurrir y mi familia me pidió que me cuidara mucho porque soy el único ejemplar de mi raza. Recuerdo que me dijeron que no me expusiera ante ningún peligro que pudiera acabar con la posibilidad de que mi especie viva en el planeta". Inmediatamente terminó de hablar, lo abracé y al hacerlo, con su ala tiernamente hizo lo mismo sobre mí y posteriormente se calmó. "Mientras te encuentres al lado de nosotras, te protegeremos para que no te suceda nada malo y te cuidaremos con especial atención para evitar que un Ser tan lindo como tú, se extinga", le dije en ese mismo momento. Y luego la alquimista le dio un sorbo de su miel, con la que se sintió muy positivo y lo pudimos ver vibrante de felicidad. Al recuperar nuestras energías y volver a nuestro estado de equilibrio natural, les pedí que quería descansar y les dije que me iba a recostar antes de continuar con nuestro andar. Nos situamos bajo un arco donde habitan mariposas, las que revolotearon al vernos llegar. "¡Qué lindas son!", mientras el sauro se acomodó a mi lado como deseando sentir mi calor y dulcemente se durmió.

Mientras reposaba me detuve a reflexionar acerca de lo que nos diría nuestro amigo de barba enrollada ante esta situación y en mi monólogo interior una voz me habló: **"Si la abeja con su néctar convirtió una carreta en un lindo carruaje volador, podría engendrar una burbuja en la cual los tres se pudieran deslizar hasta llegar a una compuerta donde unidos entrarían a través de la misma"**. Eso mismo les diré y al buscar a la alquimista para decirle lo que se me acababa de ocurrir, me di cuenta de que dormía plácidamente posada sobre las alas del pequeñín volador, quien soñando sonreía, al sentir la protección de nosotras dos.

Al cabo de cierto rato mis amigos se empezaron a despertar y cuando esto sucedió, también lo hice yo. "¿Saben qué?", dijo la abeja. "¿Qué?", respondimos al unísono los dos. "Soñé que el Destino vino a recordarnos que con nuestras propias selecciones podríamos darle forma a nuestras vidas. Aunque también expresó que con nuestras decisiones podríamos deformar nuestro mundo y volverlo atroz". "¡Qué alegría que recibiste su visita!", exclamé. Luego el sauro mencionó: "Yo soñé que vino un ser de barba enrollada, quien me dijo que con ustedes nada malo me podría suceder. Parecía ser un mago, porque sus pies flotaban sobre el espacio". "¡Es él…!", dije yo. "¿Quién?", contestó el chiquitín saltarín. "Nuestro amigo el Destino", le respondí.

"¿Cómo lo sabes?", me interrogó. "Porque lo has descrito como es", le confirmé. "Veamos Krita, haber si no te equivocas… ¿Tu amigo tenía un traje azul que llega hasta sus pies, los que graciosamente flotan? Además, su rostro es dulce y su actitud muy amigable. También posee una estrella de cinco picos grabada entre su frente de la que emana luz". "¡Sí!", le afirmé. "¡Entonces es él!, conocí al Destino y se sonrió conmigo", pronunció con evidente alegría el simpático volador. Ante esa vivencia debo reconocer que me puse inmensamente feliz y sentí que el amigo Destino había llegado para acompañarnos y luego les comenté paso a paso lo que antes de dormir intuí y posteriormente continuamos nuestro viaje hacia aquella pendiente, donde la protectora magmática fugazmente se deslizó…

Al filo del enorme tobogán nos encontrábamos los tres, cuando entonces la alquimista pronunció unos vocablos en un lenguaje no conocido y al terminar de expresarlos se formó ante nuestros ojos una esfera de miel clara. Poco a poco se aproximó hacia su creación, detenidamente la observó y a continuación nos invitó a entrar en ella por medio de un orificio. Cuando subimos pudimos sentir la suavidad de la membrana que mantenía una temperatura agradable y cuando estuvimos en su interior, volvió a hacer un zumbido que la selló. "¿Eres maga? ¿Aquí es donde viajaremos? ¡Qué bonita circunferencia, es tan suave y delicada!", expresó el sauro, dando pequeños saltos cual si fuera un trampolín, mientras ella dulcemente se sonrió y le contestó: "aquí viajaremos unidos y al caer sobre los canales de agua flotaremos y no tendremos que aventurarnos a nadar dispersos entre un fluido no conocido". "¡Muchas gracias!", abrazando con sus alas a la abeja pronunció el simpático sauro.

Ya colocados en su interior y al filo de la enorme pendiente, ejercimos peso en dirección hacia la interminable inclinada donde nos dirigíamos. No habíamos terminado de decir: "¡Allá vamos…!", cuando

135

empezamos a girar y a girar y mientras eso sucedía, el pequeñín reía sin parar contagiándonos con su felicidad, hasta que finalmente entramos a través de la compuerta descrita y arribamos a un canal plagado de arañas y de un tipo de escarabajos un tanto raros. La sensación de tenerlos sobre la burbuja de miel donde viajábamos era un tanto extraña, aunque la abeja nos tranquilizó al decirnos: "Adentro de la esfera nadie podrá penetrar, a menos que yo ordene que se abra". Y al repetir aquel zumbido nuevamente, la circunferencia de miel vibró de tal forma que los insectos que se le habían adherido se desprendieron de la burbuja cayendo en el canal. "¡Qué alivio!", expresamos después de haberlos tenido bordeándonos por arriba de nosotros, por los lados y por toda la circunferencia.

El canal por donde nos desplazábamos parecía ser el brazo de una jungla donde se había vivido una tragedia, pues su color oscuro por momentos parecía contener manchas de sangre entremezcladas. "¿Adónde estamos? ¿Qué parte de la Tierra es ésta? ¿De qué época se tratará", me cuestioné en voz alta al ver la barbarie que había quedado impregnada en el ambiente y al hacerlo, el sarro mirándome hacia los ojos exclamó: "¡De tu pecho brota una especie de luz!", e inmediatamente la abeja mencionó: "Krita, tu prendedor se ha reactivado nuevamente y lanza su intensa luz violeta".

No había terminado de decirlo cuando escuchamos el sonido angelical del arpa que tenía mucho tiempo de no oír... Y mientras el pequeño sauro bailaba al son de su linda melodía, en el centro del dije se proyectaban escenas de la más violenta guerra que había sucedido en esa parte del planeta y cuando se empezó a reflejar todo ese cataclismo, la abeja se situó frente a los ojos del pequeñín para que no estuviera frente a tantos actos inhumanos. "¿Qué sucede que no pueda presenciar?", alarmado nos interrogó el chiquitín. "Algo que los pequeñitos jamás deberían vivir", le respondí. Al cabo de un rato insistió: "¿Ya puedo abrir mis ojos?". Fue cuando pasando mi tacto sobre su sien, con ternura le expliqué: "Te avisaré cuando puedas volver a abrirlos" y de tan cansado que estaba, recostó su cabecita sobre la dulce membrana que cubría la esfera donde navegábamos los tres, la que con su lengua lamió y al hacerlo, felizmente exclamó: "¡Es lo más delicioso que he probado!" y luego de disfrutar de la dulce membrana de miel, se recostó y se durmió.

Mientras el sauro dormía confiando en nosotras, continuamos navegando entre escenarios nada gratos. "El Destino nos ha traído hasta aquí", afirmé y la abeja prosiguió: "Estoy de acuerdo con una parte de tu parecer, sin embargo, creo que hemos llegado hasta este lugar porque así lo decidimos nosotras y cada experiencia que vivimos tiene una finalidad...".

"La verdad es que tienes toda la razón, esta situación ha sido influenciada por nuestras decisiones".

Eran kilómetros de kilómetros de escenas de dolor las que continuaba proyectando mi valioso prendedor, mientras navegábamos sobre esas aguas turbulentas donde flotaban sogas despedazadas, pedazos de estuches de armas y tablas de maderos antiguos entre las que habían algunas que tenían grabados arcaicos que desafiaban a los siglos. "¿Cómo podríamos lograr aproximarnos hacia alguna de esas tablas?", nos interrogamos las dos y cuando lo dijimos, empezamos a girar en el interior de la burbuja de miel. Al hacerla rotar, la onda de agua que logramos formar atrajo un trozo de madera flotante con algunos jeroglíficos grabados. "Mira Krita, en el plano izquierdo hay unas figuras grabadas de reptiloides que parecen llevar en una bandeja a un sol, si te fijas bien, esos podrían ser los rayos que han trazado a su alrededor. Es como si lo llevaran hacia esa tarima que se puede ver al centro del grabado". Y mientras mi amiga hacía sus observaciones e interpretaciones, yo veía en el plano derecho de la madera tallada una enorme burbuja dibujada. A su entrada sobresalía una figura humana con algo que portaba entre sus manos, lo que parecía atraer a un tipo de lagartos parecidos a los 'cola larga' y casi imperceptible por el curso de los años, se podía distinguir una imagen que parecía representar algo más, la que ya no alcanzamos a distinguir debido a que se perdió entre la corriente de agua…

"¿Qué significarán sus símbolos?", le pregunté a la alquimista, y ella dijo: "Algo importante a transmitir, de lo contrario no se hubiesen tomado el tiempo para elaborarlos. No es casualidad que hayamos visto en ese trozo de madera las figuras talladas casi idénticas a los reptiles que se apoderaron de nuestra amiga roedora, como tampoco lo es, que hayamos encontrado ese pedazo de madera en este recorrido sucio donde difícilmente se puede visualizar", me respondió. A continuación, le dije: "Ojalá pudiéramos mandar a los malvados a vivir muy lejos de nuestro amado planeta, pues son ellos los que crean mecanismos para acabárselo".

Luego de navegar en ese panorama tan sombrío que es el resultado de tantas luchas inconscientes de poder, nos fuimos adentrando más y conforme lo hacíamos, nos encontramos con varias vertientes por donde podíamos desplazarnos. Presionamos con toda nuestra fuerza para accesar a la caverna de enfrente, la que desde un inicio cautivó nuestra atención y aunque estuvimos a unos milímetros de poder lograrlo, esta vez fuimos a parar a un estanque de la par donde el agua retenida nos detuvo largo rato: "Parece que aunque deseábamos ingresar a otro lugar, el destino se nos impuso en esta travesía y nos situó en este estanque", mencionó la abeja, aunque luego de unos segundos de silencio se cuestionó: "¿O será que en el fondo teníamos miedo de ingresar en esa gigante bóveda y que ese mismo sentimiento no nos dejó lograrlo?".

De inmediato le respondí: "Cuando vi la enorme cúpula de piedra no vacilé ni un segundo en querer adentrarme en ella, aunque conforme nos aproximábamos más, empecé a experimentar una sensación de extrañeza, a tal grado que pensé que algo malo nos podía suceder en su interior, lo que sin duda alguna y ahora que lo mencionas, pudo haber repercutido sobre nuestro destino y por ello llegamos hasta aquí". "A mí me sucedió lo mismo que a ti, Krita. Cuando vi tan de cerca esa bóveda gigante, sentí temor al mundo que fluye en su interior y al experimentarlo, noté que la burbuja se desvió de dirección". "¡Qué interesante!", exclamé. A continuación proseguí: "Quiere decir que a veces le atribuimos al destino lo que nosotros mismos creamos y sentimos. Para este caso en particular nos alejamos de la caverna debido a que en nuestro interior había una voz que nos hacía repeler entrar allí". "Así parece ser", agregó la alquimista. Y mientras nos empezábamos a familiarizar con el hábitat al que habíamos llegado, de su profundidad emanó un sonido que nos sedujo a tomar la determinación de sumergirnos como si fuésemos un submarino.

Mi encuentro con Rhom.

A medida que descendíamos entre ese líquido sucio donde no nos era posible visualizar nada y conforme profundizábamos más, parecía escucharse el curso de una respiración que aunque sutil, demarcaba un ritmo oscilante. "¿Lo escuchas?", me preguntó la alquimista y sin duda alguna, le respondí que sí. "¿Quién será?", me cuestioné y de mi dije emanó una luz y su característico sonido de arpa, con los cuales se despertó el pequeño sauro entre dormido preguntándonos: "¿Adónde estamos?" y no supimos que decir, aunque de mi prendedor habló una voz: **"Han llegado al reinado de Rhom"** y luego de respondernos desapareció.

"No puede ser", argumentó el pequeñín frotándose sus lindos y adormitados ojos color miel, mientras intentaba ver hacia afuera a través de la esfera. "¿Por qué no?", le interrogó la alquimista. "Es que el espíritu de Rhom es fuerte y transparente y aquí está muy sucio para que sea su reino". "Si mi prendedor lo dijo no hay nadie que lo pueda objetar. Su voz es sabia y nunca nos orientaría mal.

Confía en su guía que no nos traicionará". Y entonces la abeja con mucha suavidad le recalcó que su hablar representa la verdad y que de sus mensajes nunca hay que dudar. Al escucharla hablar con tanta certeza, el sauro ya no articuló su voz, calló, sin embargo se entristeció y observante se sentó sobre el suave colchón de la esfera acuática donde nos desplazábamos. Al cabo de unos minutos me acerqué hacia él y le repetí: "No hay porque estar tristes…". "Por supuesto que sí", me contestó.

No cabe duda de que el chiquitín conocía algo sobre dicho espíritu, así que decidí ponerle mucha atención y poco a poco nos fuimos adentrando en una importante conversación. "Cuéntame Sauro, ¿porqué consideras que hay una razón para estar tristes?". "¿De verdad quieres saber? No quisiera que te entristecieras tú también…
Un buen día, cuando mi familia no había sido aniquilada y mis tres hermanos volaban cual si aeroplanos por los aires, escuché que el más anciano de todos los habitantes contestaba una pregunta que un ave lo bastante joven le hacía. 'La vida en el planeta depende fundamentalmente del agua y mientras Rhom reine con su caudal transparente, no debes preocuparte porque tus próximas generaciones mueran'. Así que como comprenderás Krita, recordar las palabras de aquel sabio y encontrar que ese cristalino espíritu ha sido contaminado por el mal, me hace creer que muy pronto moriremos todos de sed en el planeta Tierra".

"¡No lo permitiré!", con toda fuerza exclamé y al hacerlo, un pez azul con mucha dificultad se nos acercó y me habló: "La vida de Rhom pende de un hilo y si le visitas podría ser que le motives a luchar contigo". "Entonces te seguiremos", le afirmé y con evidente cansancio, antes de partir, el pez me dijo: "No es posible llegar hasta donde habita Rhom, con la esfera subacuática. Los canales son muy angostos y nunca podrías lograr accesar. Solamente puede ir uno de ustedes debido a que cada organismo que atraviesa por el fluido le quita propiedades esenciales que necesita mantener para poder vivir". "Iré yo", sin vacilar afirmé y le pedí a la alquimista que elaborara un conducto fino de su miel, el que me podría ayudar a respirar al descender hasta donde él se encuentra y así fue… Antes de partir, el pequeño sauro pronunció: "¡Cuídate mucho y vuelve pronto!", mientras la abeja se dirigió hacia mí: "Si por alguna razón te faltara oxígeno o necesitaras volver hacia nosotros, únicamente hala tres veces seguidas el conducto de miel, en un dos por tres te traerá de nuevo hasta aquí". "Así lo haré y les prometo que muy pronto volveré".

"Ya es mucho tiempo sin saber nada de Krita, ¿no lo crees, alquimista?". "Pero Sauro, si todavía la podemos ver, mira apenas empieza a descender. ¿Sabes qué?, para que te encuentres tranquilo te colocaré un casco que aumenta la intensidad de la voz de ella, para que la puedas escuchar a una distancia abismal y puedas estar al tanto de una buena parte de lo que platiquen con el pez. Aquí está, sujétatelo bien a tus orejas y cualquier cosa importante me la haces saber". Y mientras el gracioso chiquitín experimentaba cada sonido que emitían, se retiró su casco y dijo: "Solamente una pregunta más... ¿Cómo crees que Krita logrará detectar a Rhom, si se encuentra inmersa dentro de esa suciedad?".

"No te preocupes Sauro, el pez la sabrá guiar", fue lo último de la conversación de mis dos amigos que alcancé a escuchar, mientras empecé a bajar a mayor profundidad...

La oscuridad era evidente, aunque el pez azul me brindaba su aleta para que me sostuviera de ella y para que pudiera nadar sin dificultad. Cuando habíamos nadado por un buen rato, se detuvo y con voz grave pronunció: "¡Ábrete...!". Velozmente se abrió una compuerta que se camuflaba entre el mundo del inmenso río por medio de la cual penetramos a un túnel de agua más clara y conforme nos adentrábamos más, se abrió otra puerta de cristal a través de la cual llegamos a un lugar donde había Seres oxigenando con sus vidas al espíritu diáfano de Rhom, el que parecía morar en aguas puras.

"Hemos llegado", mencionó mi guía y aproveché el momento para hablarles, aunque mi voz por la profundidad y el tubo de miel en el que me desplazaba, era un tanto diferente a la usual. Al saludarles, una especie de camarón de larguísimos bigotes me recibió respondiendo al saludo y me preguntó: "¿Cómo te llamas?" . "Krita". "¿De dónde eres?". "De la Tierra". "Entonces nos ensuciarás más...", dijo él alejándose de mí. "Te equivocas", le contesté. Y al escuchar lo que hablábamos, el pez azulado le explicó quién era yo y a lo que había llegado. "¡Imposible! Si la llevamos hacia él, lo podría contaminar", opinó el camarón. Al escuchar lo anterior, un salmón que después de una larga travesía por el mar había regresado de vuelta a su antiguo hogar, intervino y le dijo: "Hablaré con ella...". "¿Así que eres de la Tierra?", me interrogó. "Efectivamente", le dije yo. "¿Traes algo que entregarle a Rhom?". "Sí", le respondí — mostrándole el cilindro que portaba colgado en un cordel a manera de cinturón — . "Además el inmenso deseo de ayudarle a recuperar su estado natural". "¡Eso es muy grande!". Al terminar de escucharme se acercó al camarón y a los cangrejos que me bordeaban y miraban como una intrusa y les expresó con firme voz: "Hay terrícolas que como Krita, poseen una gran sensibilidad y hay quienes, como ella, son muy conscientes. **Ella respeta nuestro cristalino espíritu y ha venido a ayudarnos para recuperar lo que algunos inconscientes han maltratado tanto...** No es posible que sean tan duros en juzgar. Recuerden que hay que escuchar sin prejuicios, pues de lo contrario estaríamos siendo injustos y Rhom nos ha enseñado que la justicia siempre ha de morar en nosotros".

Cuando terminó de hablar, una pequeña langosta le dijo a la otra: "¿Lo escuchaste?, es muy sabio", mientras el salmón con su bien modulada voz pronunció: "Por favor, abran la compuerta para encontrarnos con el gran espíritu Rhom". Al escucharlo me hicieron pasar y el salmón me guió.

Mientras aguardamos en un amplio salón, alguien habló: "¡Muchas gracias por tu noble intención Krita…!". Era una voz pausada y suave la que se manifestó. "¿Quién habla y adónde es que te encuentras?", respondí sin saber dónde buscar al Ser que había expresado lo anterior. "**Soy Rhom y mi forma física es completamente transparente, así que te será imposible verme. Agradezco tu visita y acepto tu disposición para ayudarme a recuperar la pureza de los mantos acuíferos que me caracteriza**". Escuchar su voz me generaba alegría, aunque su tono bajo de hablar me revelaba una profunda fatiga. "¿Te sientes mal?", le cuestioné. Me respondió: "La epidemia contra la que he batallado una larga existencia ha sido devastadora y no parece ceder. Han contaminado masivamente los manantiales y a la mayoría de los ríos les han lanzando toneladas de desechos y de grasa, alterando nuestros mecanismos purificadores y han arrojado un veneno que intoxica los caudales de agua, los que se secan y dejan de fluir. Es por esa razón que me he debilitado teniendo que esforzarme mucho para permanecer vivo, debido a que las reservas con las que cuento se disipan. Me motiva tu Presencia y tu fe, cuéntame Krita, ¿qué puedes hacer por nosotros?". Y después de escucharle le respondí: "**Señor**

espíritu de las aguas dulces, una bella ninfa me pidió que le entregara esta encomienda. Es para que la rocíe sobre las manifestaciones de los mantos acuíferos infectados de nuestro planeta". "¿Adónde habita ella?", me cuestionó y le expliqué que para llegar hacia donde ella mora hay que saber elevarse y volar. "La dulce Ninfa nos desea ayudar y he venido a solicitarle que si considera conveniente, pueda distribuir esta esencia en cada lugar donde debe prevalecer el agua pura por la que usted tanto lucha". Al decirlo coloqué la encomienda entre su fluido, la que flotó y de inmediato una corriente suave giró a su alrededor y a los segundos se abrió el cilindro como mágicamente, del cual emanó una vibración que empezó a fortalecer la voz de Rhom y al cabo de unos instantes dijo: **"Su esencia me ha devuelto mi vitalidad. La energía que contiene ha despertado mi espíritu. Me siento con la fuerza de un joven otra vez".**

Conforme las aguas aletargadas se empezaron a mover, el fluido empezó a deshacer la mugre que allanaba los alrededores de la morada de Rhom. "¡Gracias Krita, por devolvernos la vida…!". "No he sido yo, es la gran Ninfa". Y a continuación le pedí que me transportara hacia el estanque donde la burbuja acuática me esperaba. Al escuchar mi petición, el pescado azul me informó que mis amigos ya no se encontraban en el lugar donde anclaron para esperarme. Me comentó que esto se debía a que el movimiento fuerte de las olas que habían llegado hacia la superficie cuando Rhom bebió del extracto, los condujo hacia la caverna de la par. "¿Cómo puedo hacer para ingresar y para volverlos a encontrar?".

De inmediato, Rhom ordenó que abrieran la compuerta que conecta este lugar con el fluido interior de la caverna. Al hacerlo, pasamos por entre aquel camarón y sus amigos de largas tenazas, quienes al verme al lado de su rey, me dijeron: "¡Muchas gracias!". Nadamos con Rhom, a través de aguas sumamente claras... "Señor espíritu de las aguas dulces cristalinas, desearía saber si todas las fuentes de agua están conectadas". "Si Krita, todas son una misma y cuando te deje al lado de tus amigos, empezaré a abrir las compuertas que existen para que las manifestaciones de agua se purifiquen en su totalidad y para que alimenten a las que se secaron". Entonces quise saber: "¿Dice usted que activará a las que se han secado?". Con énfasis me respondió: "Hasta la última gota se reactivará". "¡Qué felicidad!", exclamé y toda la corriente se activó y se sintonizó con la alegría plena con la que navegábamos al lado del salmón, quien nos acompañó por todo el recorrido...

Gradualmente nos fuimos aproximando al canal de entrada de la inmensa cueva y cuando iniciamos nuestra inmersión, todo parecía tan oscuro en su interior. Aunque por el cielo de la inmensa caverna, en ciertos momentos penetraban pequeñísimos destellos de luz y desde su techo se desprendía toda una multitud de columnas que pendían de la gruta, las que formadas por ciertos minerales le dotaban de un aspecto muy singular. "Ya hemos llegado y frente a tus ojos aparecerán tus amigos en mili segundos", anunció Rhom. "Antes de retirarme a mi faena, recuerda Krita, que si en algún momento necesitas que te ayude, menciona mi nombre y allí estaré a tu lado con la fuerza de mi espíritu donde quiera que te encuentres". "¡Así lo haré Rhom!", y rápidamente se fue generando un remolino de agua clara que parecía entonar una canción con su maravillosa vibración, entre el cual el salmón saltó con la energía de un joven nadador.

Al instante logré escuchar las voces de mis amigos, quienes felices repetían: "¡Es Krita!" y la alquimista rápidamente abrió un espacio para dejarme entrar. "¡Qué alegría!", gritaba el sauro y la sanadora zumbaba de felicidad. Debo reconocer que muy feliz los abracé al volverlos a ver. "¿Adónde te llevó el pez?"; "¿Cómo supiste que aquí nos encontrarías?"; "¿Hablaste con Rhom?". Y conforme les narraba parte por parte y una a una mis experiencias con el sabio salmón y con Rhom, ellos y yo reíamos de emoción…

A medida que avanzábamos en el interior de la caverna oscura, estábamos impresionados al ver la inmensidad de la bóveda. "Miren, pero si son estalactitas", enunció el sauro. "¿Qué sabes de ellas?", le preguntó la abeja y muy entusiasmado nos lo explicó: "un buen día salimos de paseo con toda mi familia y mientras bordeábamos la costa del Atlántico, un nautilus que se hizo nuestro amigo, nos comentó que en una cueva de difícil acceso se había encontrado con ellas y también con las estalagmitas, las que en lugar de brotar desde el cielo de las cavernas más profundas, emanan del fondo hacia la superficie formando como montañas. De la que se perdió la magmática, le hubiera gustado tanto entrar a conocer a una parte de su gran familia de minerales". "Realmente sí", afirmé todavía extrañándola... "¿En qué recorrido se habrá metido? Y a propósito de lo que mencionas saurito, desearía saber más sobre el nautilus". "Mira despetrificadora, la verdad es que parece una especie de caracol que nada lanzando una corriente de agua a propulsión a chorro. El que conocí era muy culto y sabía tantos secretos que alberga el océano Atlántico". "¡Cuántos tesoros los que encierra nuestro planeta!", exclamó la alquimista. "Los que rescataremos y no dejaremos que desaparezcan", le afirmé.

Aquellas aguas movidas por nuestras ondas, al navegar, se fueron calmando a medida que llegamos al centro de la bóveda. Al arribar en aquel lugar, mi dije empezó a emanar su intensa radiación violeta y antes de que tocara el sonido del arpa, el sauro nuevamente nos deleitaba con su danza… Mientras lo hacía y la alegría nos impregnaba al verlo tan feliz, del eco de la caverna en la cual nos detuvimos se pronunció una voz: "Adentro del flujo sagrado que navegan encontrarán un pez linterna. Si le piden que les guíe, él es sabio y les podría ayudar en cierta parte de la larga travesía que les queda por navegar". Fue cuando de inmediato, el sauro bailarín se pronunció y al ver a un cardumen de pequeños peces se dirigió hacia ellos y les habló: "Señor iluminado, donde quiera que se encuentre usted produce una luz como mi estrella luminaria y como tal, le pedimos que nos ilumine como lo hace ella, pues esta cueva es algo oscura...". No había acabado de decir lo anterior, cuando el pez se nos acercó reflejando una luz que aclaró el panorama oscuro en su totalidad y casi simultáneamente, de una de las alas del sauro, se proyectó un rayo que iluminó a todo nuestro alrededor. Impresionada por la luz que salía por debajo de la misteriosa ala derecha: "¿Qué sucede en tu interior? No sabía que entre los de tu especie podrían haber sauros linterna...?". Y ocurrió que cuando la abeja me escuchó, se carcajeó y el pequeñín en su misma sintonía continuó y al oír sus vibraciones de alegría, los camarones transparentes y minúsculos que cohabitan en dicho ambiente se contagiaron y empezaron a vibrar con la risa que brotaba sin parar, la que como una epidemia también contagió a unos peces albinos que no poseen ojos, pues habitan en las profundidades de esas aguas donde no alcanza a llegar la luz exterior...

"¿Y por qué será que no tienen ojos?", alarmado nos preguntó el sauro y la abeja le respondió: "Posiblemente tuvieron, pero con la evolución utilizaron un mecanismo inteligente para adaptarse a este hábitat donde se mueven sin necesitar de ellos, para poder vivir". "¿Con qué ven?", quiso saber el saurito. "Con todos nuestros otros sentidos y lo hacemos muy bien", desde el fondo del lago contestó uno de ellos.

Mientras investigaba la procedencia de la luz que salía por debajo del ala del sauro, él me preguntó: "¿Te recuerdas Krita, cuando te comenté que soñé con tu gran amigo el Destino? Pues fue él quien me entregó una estrella de cinco picos parecida a la que tiene grabada entre su frente. Cuando me la dio, me dijo que me podría iluminar cada vez que me sintiera sin saber lo que debería hacer y, sin tener noción alguna de cómo activarla, cuando le pedí al pez que nos alumbrara, nos iluminó como por arte de magia tal y como lo continúa haciendo ahora que viajamos en la cápsula de miel… También el Destino me mencionó que la guardara debajo de mi ala derecha y me había olvidado de ella, hasta que la recordé cuando nos alumbró al lado del pez linterna a quien llamé.

Nuestra conversación fue interrumpida por una exclamación de la alquimista: "¡Miren, una isla!", con sus alas nos señalaba hacia adelante. "¿Será que nos podemos bajar a andar?", dijo el sauro. "No veo porque no hemos de hacerlo. Aquí no hay contaminación, todo parece tan tranquilo" y la abeja estuvo de acuerdo. Nos acercamos dentro de la burbuja y al aproximarnos a su orilla nos detuvimos. Cuando esto sucedió, la alquimista abrió una hendidura por la cual salimos y al hacerlo, la volvió a dejar hermética y la ató a un cordel de miel que elaboró en cuestión de segundos.

"¡Qué alegre que puedo volver a trotar!", mencionó el saltarín y en lo que a mí respecta, también me sentí feliz de poder tocar tierra —más bien, piedras —, y de andar sin necesidad de ningún elemento que nos encubriera.

La pequeña isla estaba compuesta por rocas y tal parecía que nadie habitaba en ella. Me daba la impresión de que se había formado por el desprendimiento de algunas rocas que cayeron del cielo de la gigante caverna. "¡Qué limpia es, Rhom estaría feliz aquí!". "Todo parece auto sostenerse con un equilibrio que la mantiene en perfecto estado". "¡Qué diferencia con aquella jungla, donde todo estaba completamente intoxicado!" y mientras seguíamos conversando, me surgió un sentimiento que les transmití a mis dos compañeros: "Me gustaría quedarme un rato sin hablar para poder recapitular en este lugar neutral lo que deseo lograr". Y al escucharme lo que acabo de expresar, la abeja se fue a rondar los alrededores del islote, mientras el sauro, quien era custodiado por ambas, se acercó hacia la orilla a conversar con aquellos pececillos que muy atentos vigilaban nuestro recorrido. La sensación de estar frente al agua más transparente que he visto en mi vida, me parecía por momentos que era como estar frente al inmenso espacio. Presenciar la pureza de su fluido era una experiencia que parecía irreal, pero tan real a la vez. Era una vivencia tan parecida a situarnos frente a la luz y es que el agua era tan clara como el aire puro, la verdad es que tan diáfana, que era una sensación inexplicable.

Afuera de la burbuja de miel.

*H*aber llegado hasta este hermoso lugar preservado por la naturaleza, era para mi vida una experiencia extraordinariamente significativa. Presenciar en estado virgen todavía, a una mili fracción de mi planeta, era como haberme encontrado con un misterio oculto que poco a poco me develaba su más íntimo tesoro.
En este lugar donde la armonía plena impera, donde mis sentimientos más profundos emanan como un enorme caudal y se fusionan para escuchar en profundo silencio a la verdadera voz de la Tierra, **se reafirmó en mí el deseo de luchar para que la paz que me rodea exista en cada rincón del planeta**. Y mientras el sauro y los minúsculos pececillos que apenas se conocían habían entablado un lindo diálogo, la abeja rociaba algunas gotas de su miel sobre las rocas perfectamente compuestas, la que generosamente le brindaba al reino mineral que se preserva.

En torno a lo que vivía, llegaban a mi alma y se iban de ella, toda una serie de cuestionamientos relacionados con el devenir de mi planeta, el que plagado de siembras de maldad hacía disminuir su caudal natural de energía vital.

Y en medio de la crudeza que le acecha, en mis monólogos más íntimos, inventaba las una y mil estrategias para llegar al centro del planeta donde su corazón colapsa de tristeza. **"¡Qué noble es el Señor Destino, quien todavía pese a todo nos brinda su ayuda y nos da una oportunidad para poder modificar algunas pautas con las que hemos generado consecuencias ingratas!".**

"¿Cómo es posible que el imperio del mal se haya fortificado de tal forma que tenga bajo un estado hipnótico a la humanidad?". Dormida ha estado la consciencia colectiva de la Tierra y hay que reactivarla para que con ella vuelva a brillar su luz en todo su esplendor. Y sucedió que mientras mi corazón sostenía una profunda reflexión, una sutil voz me habló: "¡Deseo ayudarte a reconstruir la paz sobre la Tierra!"; sorprendida pregunté: "¿De dónde emanas? ¿Quién eres? ¿Con qué cuentas? Muéstrate como eres para que al revelarte ante mí, te pueda conocer mejor". "Lo estoy haciendo ahora mismo…", se pronunció. "No puedo verte aún", enfaticé. "Pero me escuchas y me sientes", insistió. "¡Definitivamente!", afirmé; "Entonces sientes mi vibración", corroboró. "¡Claro que sí!", le aseveré. Y cuando respondí afirmativamente la vibración violeta de mi prendedor tintó todo mi alrededor de su color y una palabra surgió desde mi interior: **"Me llaman Fe y deseo ayudarte a conseguir el objetivo que persigues".**

Entonces con inmenso júbilo le respondí: "No sabes lo feliz que me hace sentir tu Presencia, pues debo confesarte que aunque estoy convencida de que podremos lograr lo que nos proponemos, a veces me acecha la duda. Y es que son tantas las siembras inhumanas, se impone la desolación… Hemos podido detectar que hay un sin fin de escupideras de fuego que hacen parecer a mi planeta un infierno, el que debemos apagar para transformarlo en un cielo. En realidad necesitamos fuertes dosis de Ti, te pido que te quedes a nuestro lado y que nos ayudes a perseverar en nuestra misión". Y luego de escuchar lo que acabo de narrar, la bella voz pronunció: "me quedaré con ustedes Krita, me entrego toda a la misión de recuperar a este bello planeta de las garras que lo acechan".

No acababa de terminar la conversación anterior, cuando escuché que el sauro le preguntaba a aquellos pececillos con quienes se había hecho amigo: "¿No están tristes?" e inmediatamente un pez le contestó: "¿Qué tú nos ves llorar?", a lo que el chiquitín le respondió: "para nada, los he visto vibrar de felicidad cuando Krita creyó que yo era un sauro linterna, entonces, quiere decir que mis atributos físicos pudieran cambiar con el paso de los siglos, como les ha sucedido a ustedes con su vista. La verdad es que si me ocurriera eso me gustaría nadar para sumergirme en la profundidad. Pueda que con la evolución, mi par de alas se conviertan en dos gigantes aletas y que las de ustedes sean mis alas. Si eso me sucediera, recuérdense que me encanta volar para que de vez en cuando me lleven a disfrutar del sonido del viento, con el que me gusta tanto jugar". "¿Deseas nadar un rato a nuestro lado y sumergirte en nuestro medio con nosotros?", le cuestionó uno de los integrantes del cardumen y rápidamente respondió: "Me encantaría hacerlo, aunque lastimosamente mis pulmones no son como sus branquias, así que creo que no podré viajar sin la esfera de miel".

Al escucharlo un pececillo sugirió: "¿Y si probamos rodearte para que cuando nademos todos a tu alrededor generemos un espacio vacío con todo nuestro oxígeno?". "Tu idea me parece genial, ¡acepto!", dijo el saltarín con mucho gozo, y no había terminado de decirlo, cuando todos bordearon la orilla por donde el chiquitín saltaría y se sintió tan apoyado que empezó a colocarse en posición para sumergirse, cuando la abeja y yo lo detuvimos al unísono: "¡Cuidado Sauro, no des un paso en falso!". Al escucharnos, asustado se detuvo. "Pero si ellos dicen que me cuidarán…". "No dudamos de que lo quieran hacer, sin embargo un sauro como tú, ha sido creado para correr por la tierra y para volar por los aires. Si te sumerges sin poder nadar, ni tener la debida protección, al minuto te ahogarías".

Y al escucharnos hablar, los peces extrañados dialogaron entre sí: "¿Lo has oído?, han mencionado que no puede nadar. Yo creí que todas las criaturas lo podían hacer". Y cuando el sauro terminó de escuchar la conversación de los pececillos, un tanto confundido pronunció: "¿Qué han dicho…? Había olvidado que no aprendí a nadar de la emoción que me provocaba la sensación de imaginarme descender asido a sus aletas, me imaginaba vivir una experiencia magnífica. Si ustedes no hubieran estado cerca de mí, Krita y despetrificadora, la consecuencia de mi selección me habría costado la vida. Les agradezco tanto sus cuidados, pues un sauro como yo debe vivir para mostrar a todos los que nos quieran conocer que tenemos muchas cualidades que ofrecer. Muchas gracias peces, pero mis dos mamás sustitutas me han enseñado una nueva lección". Y al escucharlo hablar así, ellos se fueron nadando cual si peces - aves, en esas aguas transparentes que parecían invisibles como el viento. "¡Hasta la vista amigos!", mientras que ellos con sus aletas y con una sonrisa se despidieron de él.

"De ahora en adelante la cautela y la razón deben acompañarnos para evitar un desastre mayor. Recordemos que cada acto generará una consecuencia, como dijo nuestro amigo el Destino", enfatizó la abeja. "Así lo haré y pensaré antes de actuar, de lo contrario podría matar a mi especie y eso no me lo perdonaría nunca", respondió el sauro. "¿Y ahora hacia dónde nos dirigiremos?", el pequeñín curiosamente nos cuestionó y la alquimista dijo: "Ves esa compuerta, creo que deberíamos cruzarla. Algo me dice que vale la pena intentarlo". Entonces el sauro prosiguió: "Yo pienso que es mejor quedarnos en este lugar, por lo menos aquí estaremos a salvo. Adentro de esta caverna todos parecen ser de alma buena y el balance

de la naturaleza es perfecto para hacernos perdurar hasta
que lleguen los cardiólogos y les podamos ayudar…".
Cuando el saltarín terminó de hablar, le di mi opinión: "Si
nos quedáramos en este lugar adoptaríamos una actitud
pasiva ante la hecatombe que se avecina y esa forma de
obrar no le ayudaría en nada a nuestro planeta que está a
punto de expirar. Yo desearía emprender la travesía y
estoy de acuerdo contigo abeja". Y entonces el sauro
afirmó: "¡Me uno a las dos!", y así fue como nos
volvimos a adentrar en la bella esfera de miel en la cual
viajábamos protegidos y unidos. "¡Allá vamos!", vociferó
el sauro, mientras velozmente navegábamos.

Luego de haber traspasado una corriente que parecía un
remolino que jamás terminaría y de la cual creí que nunca
podríamos salir vivos, el fluido se calmó y nos llevó al
lado de un bosque donde al arribar salimos de la burbuja
y empezamos a andar. "¡Tenía tiempos de no caminar
entre la yerba y de no ver a la naturaleza vestida de sus
vigorosos verdes, de no tocar el césped!", maravillada
exclamé, mientras mi amiga alquimista acariciaba entre
los majestuosos árboles a las orquídeas que le agregaban
más belleza al paisaje. "¿Adónde hemos llegado?", nos
preguntó a las dos el chiquitín, mientras sobre volaba
entre bejucos y en medio de un mundo de variedades de
helechos. "No lo sé", le contesté. "Hemos llegado al país
de 'No lo sé' y aquí encontraremos el camino que nos
conducirá hacia el corazón de la Tierra", anunció
graciosamente el chiquitín, mientras gozábamos con sus

ocurrencias. Al terminar de reír me senté sobre una suave yerba que había crecido debajo de un imponente árbol, donde al hacerlo me recordé que podía usar tres veces mi prendedor y que al utilizarlo me concedería mi petición. Me decidí recurrir a él, pero antes le comenté a mis dos compañeros que lo utilizaría para pedirle un deseo. Al escucharme hablar se sentaron a mi lado sin pronunciar palabra, como expectantes de lo que iba a suceder. Me concentré un momento y con fe, tomé mi prendedor entre mis manos. Al acariciar su lado posterior, vinieron a mi vida varios deseos. El primero fue querer indagar sobre papá y mamá; el segundo surgió en relación a la ardilla; luego fue hablar con el Destino, a quien considero mi buen amigo. También quise volver a reunirme con el dueño del otro prendedor y saber más de él; asimismo me hubiera gustado conocer la identidad de aquella viejecita y poder conversar con ella. **Y al cabo de un rato de querer realizar tantas cosas igualmente importantes, me decidí por ayudarle a mi planeta...**

Seleccioné cuidadosamente lo que le iba a pedir a mi prenda misteriosa y así fue como clamé para poder visualizar el lugar que nos conduciría hacia el corazón de la Tierra donde debíamos llegar. No había pasado un minuto, cuando ante mí se formó una burbuja mágica blanca dentro de la cual se dibujó un camino… Nos mostró en su interior a una vereda de yerbas y alcanzamos a ver a un Ser pequeño que salía del tronco de uno de los tantos árboles, quien al hacerlo rociaba un polvo que parecía flotar por entre la naturaleza. "Es un duende y lo que rocía preserva al bosque de cualquier intruso que quiera destruirlo", comentó el sauro. Debo decir que ver a esa criatura maravillosa cuidando del ambiente me generó la esperanza de que hay Seres que aman a la Tierra y que trabajan en silencio por la armonía de nuestro planeta. Luego de observarlo notamos que el recorrido que se reflejaba en el interior de la blanca bola conducía hacia algún lado donde los árboles más altos formaban murallas elevadas de protección. Por entre ciertos espacios que naturalmente se abrían, se podían apreciar los destellos de un sol que iluminaba y que vestía de tonos esmeralda el recorrido por andar. Más adelante se alcanzaba a visualizar que aquel joven con quien había conversado en una ocasión y quien llevaba entre sus manos mi mismo prendedor, se colocaba entre sus palmas el broche de oro y plata para darle un baño de sol. Cuando lo exponía a su energía, noté que parecía cobrar cierto movimiento rítmico y que el joven al palparlo se ponía muy contento, mientras algunas criaturas aladas del bosque, en cuenta un árbol que podía andar, lo bordeaban cerrándole el paso a cualquiera que lo quisiera interceptar.

Parecían prestarse como custodios de ese tesoro que él irradiaba con un resplandor que alumbraba como en ningún otro lugar, mientras un manantial agregaba al paisaje un frescor singular. "¿Qué hace?", nos cuestionó el sauro. Le respondí: "Si recuerdas cuando te conocí entre la naturaleza petrificada, ella nos comentó que había un joven de buenos sentimientos que recarga con el sol su prendedor y que con él le lleva armonía rítmica al corazón del planeta que padece de arritmia". "¿Qué es esa enfermedad y cómo lo sabes?", me interrogó mi bello amigo. "Bueno, recuerdo que cuando escuchaba hablar a papá, quien era médico de profesión, él nos decía que esta es una irregularidad y creo que si lo escuchamos bien, su ritmo a veces se agudiza y por momentos reduce su pulsación". "Es cierto Krita, ya lo había notado", dijo mi amigo de carácter simpático y quien posee mucha sabiduría legada por sus ancestros…

Adentro de la misma esfera blanquecina como por arte de magia con mi primer deseo se dibujó un horizonte al final del inmenso bosque tropical que se proyectaba dentro de la burbuja. Gradualmente empezamos a distinguir que un jinete cabalgaba sobre su caballo oscuro, el que parecía dar saltos inmensamente largos. "¡Parece volar!", dijo el sauro muy impresionado cuando los logró captar; mientras que la abeja utilizó su olfato y a continuación me interrogó: "¿Los distingues Krita?". "¿A quiénes?", le respondí. "¡Son KhUBA y Sam!", dijo ella… Y saltamos de emoción las dos, aunque al cabo de unos instantes logramos detectar que los perseguían. En ese mismo instante le pedí a la abeja que hiciera una esfera de miel y que nos llevara volando hacia ellos. "¿Y cómo podremos llegar hasta donde están? Si te fijas, únicamente es una proyección en una esfera y no podremos ingresar a menos que seas maga". "Entonces utilizaré el segundo deseo de mi prendedor", le respondí y ella insistió: "Recuerda que solamente lo podrás usar una vez más si lo utilizas nuevamente". Me detuve para verlos más tiempo y a medida que la burbuja los dejaba ver notamos que los 'cola larga' acortaban la distancia y que parecían alcanzarlos, así que la alquimista nos envolvió en una nueva esfera y por segunda vez le pedí a mi prendedor que nos condujera hasta un recorrido del camino donde los podríamos interceptar y salvar sin que los malos nos pudieran detectar.

"¡Ahora!", exclamé y así fue como con la velocidad de un rayo la abeja los succionó a los dos hacia el interior de la bola de miel. "¡Krita!", "¡Sam!". "¿De dónde han salido?"; "¡KhUBA!"; "¡Alquimista!"; "¡Qué alegría…!". "¿Y tú quién eres?"; "Soy el único ejemplar de mi especie que habita en la Tierra, además sé volar hasta las nubes y me llaman Sauro"; al escucharlo, los dos buenos amigos le saludaron con mucha cortesía y saurito dio muchas vueltas de felicidad. Cuando los cinco nos encontramos en el interior de la burbuja de miel y nos habíamos abrazado alegremente, observamos que uno de los árboles se movió para cubrirnos totalmente y evitar que los malvados que estaban a punto de aparecer, nos detectaran. "Los árboles son seres de grandes poderes que poseen alma buena", fascinada por lo que había comprobado expresé, y la abeja agregó: "Poseen una sabia inteligencia"; mientras KhUBA dijo: "Los debemos amar y venerar, no talar…".

Y mientras abrazados formábamos un remanso de paz, logramos percibir que los intrusos que no nos pudieron detectar se aproximaban. Su ira por haber perdido de sus garras a nuestros amigos era evidente, se enojaron a tal grado que empezaron a golpear las plantas que circundaban a nuestro alrededor y mientras lo hacían, juraron que se vengarían de los dos. **Sam dijo: "Sus conductas son tan violentas, ellos se mueven con las vísceras y la furia domina sus actuaciones. Sus actitudes son tan primitivas, es por ello que se identifican con la guerra, con las armas, con la destrucción masiva de lo que está a su alcance".** Y el sauro agregó: "Ellos son del imperio del mal y hay un lugar donde si llegan, la misma Tierra se encargará de desecharlos de ella".

Al escuchar al pequeñín, me interesé sobre su parecer y le pedí que nos narrara lo que sabía sobre el tema, me dijo que le diera unas horas más debido a que lo que acababa de decirnos le había brotado espontáneamente de la memoria colectiva de la formación del planeta y que intentaría enhebrar todo aquello que nos pudiera ayudar a conocer la verdad. "Lo esperaré con interés", le contesté y luego él dijo: "Debo desarrollar un poco más mi intuición, si me notas un tanto pensativo y alejado de ustedes, esto será debido a que por momentos voy a hablar conmigo mismo y con los grandes espíritus que moran en este maravilloso bosque. Creo que si los busco, ellos me podrían ayudar". Le agradecí por sus nobles intenciones.

Mientras observábamos a cierta distancia a través de la burbuja y bien escondidos entre el espeso follaje de un árbol, pudimos notar que los reptiloides, por medio de sus olfatos, se dedicaban a recolectar muestras de nuestras huellas recién impresas, las que al recoger rociaban de un gas que guardaban dentro de unos tubos oscuros que portaban. Al hacerlo enviaban una corriente de aire hacia algún lugar que los recibía rápidamente, de donde les hablaba una voz de muy baja vibración. No pude distinguir las indicaciones, aunque el chiquitín volador nos aseguró que parecían tener un plan para matar al unicornio y que a los demás nos deseaban capturar. Y cuando Sam lo escuchó, lo interrogó: "¿Dices que me quieren matar?" y el sauro con la voz entrecortada le confirmó con un contundente: "Sí, es a ti a quien desean exterminar". "¿Porqué se quieren deshacer de mí?", volvió a preguntar el unicornio… "Antes de matarte, me tendrán que aniquilar a mí y jamás lo permitiré. Ahora más que nunca cumpliré con mi misión de sanar el corazón de mi planeta y con su sanación dejarán de existir asesinos sobre la Tierra".

Y no había acabado de decir lo anterior, cuando se escuchó un latido que parecía ser el de un corazón ardiente de emoción. "Estamos acercándonos a nuestro objetivo", señaló la abeja, mientras KhUBA dijo:

"Cuando estemos frente al corazón le daré mi más profundo Amor y con mi mayor grado de ternura lo haré recuperarse de su dolor". Simultáneamente a nuestra conversación, la alquimista se encargó de rociarnos una capa protectora con su miel, al hacerlo, con su chuzo hizo explotar a la burbuja en la que viajábamos para nuevamente crear otra de mayor tamaño, la que contuviera el aroma a las yerbas de la naturaleza que cohabitan en esa zona, dentro de la cual nos volvimos a adentrar. "¿A qué se debe lo que has hecho?", la interrogó Sam y ella nos narró que era mejor fusionarnos con el olor del bosque para pasar desapercibidos, mientras el sauro repetía: "Ahora parezco un astronauta revestido con este atuendo de miel. Es divertido haberlos conocido y tener de un día para otro a dos mamás, a dos nuevos amigos y viajar como astronauta dentro de una bola de miel". Y esa aureola de felicidad que el sauro irradiaba nos impregnó de mucha alegría, aunque al poco rato llegó una corriente oscura de partículas extrañas que bordeó los residuos de la esfera rota de la que hace unos segundos acabábamos de salir, y al hacerlo, la estrujó en mil fragmentos transportándola en el aire hacia sus destinos.

"¡Malvados!", vociferó el sauro, mientras nos detuvimos a reflexionar sobre la manera de obrar para evitar que nos pudieran atrapar… Cuando más adelante y por medio de la burbuja blanca detectamos que se fueron, la abeja abrió un hueco del cual salió unos instantes para rociar con su miel a la naturaleza maltratada por ellos. **"¡Qué linda** es!", maravillado dijo Sam, al verla reconstruir a ese maravilloso reino vegetal que los reptiloides habían dañado, mientras KhUBA reafirmó: **"Esa manera de obrar refleja el profundo amor fraternal que entre todos los reinos debería morar. Es el Amor familiar la vibración más elevada a la que debemos recurrir para reconstruir lo que tanto ha maltratado al corazón del planeta"**. "Estoy de acuerdo" expresé, mientras el chiquitín dando saltos con sus dos patitas agregó: "Yo también lo estoy", y el latido que habíamos escuchado fue mayor, lo que me hizo sentir que el corazón de la Tierra se sintonizaba con nuestra vibración de Amor.

Al terminar de transformar el dolor ocasionado a la naturaleza, la abeja volvió a adentrarse a nuestra casa-esfera. Inmediatamente ingresó, conmovidos le dijimos un contundente "¡Gracias!". Aunque debo reconocer que todavía estaba un poco aturdida al imaginar lo que nos hubiera podido suceder, si la alquimista no hubiese utilizado su discernimiento para crear otra esfera y hacernos desalojar la que deshicieron y se llevaron despedazada hasta sus dominios… Después de que ella regresó a reunirse con nosotros, condujo nuestra esfera de miel hacia lo más elevado de un árbol al cual le pidió albergue entre su espeso follaje, explicándole la finalidad de nuestro viaje. El bosque entero al escucharla se unió a nuestra misión y nos escondió en un lugar donde teníamos los árboles custodios más fiables.

"¡Qué bello lugar!, admirada exclamé y mientras nos sentamos a descansar en el interior de nuestro temporal hogar, empezamos a conversar… "¿Qué hacían en aquel sitio donde había una multitud de fuentes?", les pregunté a Sam y a KhUBA, a quienes habíamos dejado de ver durante tanto tiempo. "¿Cómo sabes que así era el lugar donde estuvimos Krita, si nunca nos llegaste a visitar?", indagaron ellos. Fue cuando les compartí la forma como los habíamos alcanzado a ver a través de la proyección y al terminar mi narración, KhUBA pronunció: "Estuvimos en el reino de Sam, por ello cuando mencionas que él galopaba entre los bellos jardines tocando su delicado césped, tienes toda la razón, mientras yo flotaba a un centímetro del suelo cuestionándome a que se debía esa situación. Y fue cuando exploré más a fondo el asunto, cuando llegué a la conclusión de que los Seres que nacen en un plano del Grandioso Universo pueden rozar con sus cuerpos únicamente el lugar donde se procrean. Si lo notas, Sam no toca con sus cascos nuestro planeta, aunque con su galopar deje la vibración de sus huellas…".

Al escuchar su explicación la alquimista dedujo: "Es ahora cuando comprendo porque nuestro amigo el Destino flotaba en el suelo de la Tierra, mientras que al arribar a la antesala de los reinos azulados lo vimos entrar en contacto directo con el subsuelo y deslizarse sobre él". "Es verdad", dijimos. Fue cuando el sauro aprovechó para reflexionar: "Entonces fue una realidad que el Destino vino a la Tierra y se me apareció como en un sueño. Recuerdo que cuando lo vi, me llamó la atención que podía flotar como lo haría un mago…". Y luego de oír al chiquitín, fue cuando discerní que su visita fue real y Sam, a continuación, retomó su narración: "En el reino azul donde estuvimos gobierna la armonía plena. Allí existen las más bellas fuentes entre las cuales se desplaza una sociedad de unicornios blancos como la nieve, entre quienes yo era el único ejemplar de mi color oscuro. **Todos respetan la identidad de cada ente y la privacidad con la que cada uno de sus miembros escoge moverse y actuar**". Luego KhUBA a continuación narró: "A Sam lo recibieron al son de unas trompetas ancestrales de las que brotaba la más bella melodía. Le colocaron una capa con la inicial de su reinado y le entregaron una condecoración, la que guardó y dejó en el castillo azul donde lo esperan para ser coronado cuando logre cumplir la misión que se ha trazado al lado de todos nosotros".

"¿Sam será rey?", le preguntó el saltarín a KhUBA y volviendo su mirada hacia Sam, le pidió: "Si algún día te coronan desearía estar a tu lado", y con un gesto dulce el unicornio afirmó; mientras KhUBA prosiguió: "Sam es el nieto de Asallam y ha heredado el reinado de su abuelo, quien dejó en su testamento que le confería su corona si reaparecía luego de cabalgar por los aires durante varios siglos y de ser amigo de los vientos. Es por esa razón que nos recibieron con tanta pleitesía en el castillo azul,

aunque antes de la coronación pidió permiso de librar su última lucha por una Tierra próspera llena de Paz y al escuchar la nobleza de su corazón, la corte del reinado lo aprobó". Al terminar de escuchar lo que KhUBA acababa de narrar de Sam, de inmediato lo abracé con mucho Amor y le agradecí profundamente por su noble acción. **Sin ser terrícola se había comprometido para ayudarnos a salvar al planeta, habiendo pospuesto para más adelante su coronación, lo que para la nueva humanidad debería ser un ejemplo palpable y digno a imitar...**

Posteriormente y en voz alta me pregunté: "¿Será que los 'cola larga' se han enterado de su historia y por eso lo quieren asesinar?". "Podría ser", me respondió KhUBA y al escucharnos conversar, el sauro nos preguntó: "¿Me podrían dar permiso de salir de la burbuja para pensar al lado de aquel inmenso musizi?". "¿Qué es eso?", le cuestioné. "Un árbol de la zona", nos respondió muy bien documentado. La abeja y yo le conferimos lo solicitado, sin embargo únicamente le permitimos salir unos metros de distancia de la esfera desde donde lo estaríamos observando y felizmente aceptó, aunque antes de salir de la casa-hogar, la alquimista le roció otra porción de su miel como una triple medida de protección y sin esperar más, salió volando de alegría para ascender y descender largo rato cual si fuera un aeroplano.

Con sus crestas elevadas lanzaba carcajadas, las que generaban una vibración que entretenía al bosque que nos circundaba y mientras todos estaban atentos a sus rítmicos saltos y nos había contagiado de felicidad, volvimos a percibir el sonido del corazón del planeta que latía con fuerza y regularidad. "No le escucho arritmia alguna", afirmé, mientras mis amigos confirmaron mi sentir. "¿Será que la alegría de ese lindo pequeñín lo cautivó como a nosotros?", nos cuestionó KhUBA. "Podría ser", dijo Sam.

Mientras permanecíamos dentro de la burbuja y los segundos pasaban con la excesiva rapidez de estos tiempos, continuamos compartiendo las experiencias mutuas que nos habían tocado vivir… **En lo que a nosotras respecta, con la alquimista les comentamos que el cristal que está en el castillo azul es bellísimo y que rota con las distintas vibraciones que almacena. Tal pareciera que todo lo que sucede en la Tierra lo afecta; es como si fuese un gran cerebro, en el que cada evento, cada situación y sensación lo hacen magnificarse o comprimirse.** "¿Cómo lo saben?", nos cuestionó KhUBA. "Lo comprobamos con nuestros propios pensamientos. Si a nuestra mente llegaba la imagen de los malvados, esa sensación ocasionaba una casi imperceptible rotación del cristal, se volvía minúsculo y lanzaba unos sonidos tan grotescos que molestaban nuestra audición. Mientras que si los recordábamos a ustedes o a situaciones llenas de Amor, giraba con toda rapidez generando una vibración musical que le hacía aumentar de dimensión, emanando una luz blanca y una melodía que nos hacía llorar de felicidad".

"¡Ha de ser impresionante estar situados frente a él!", exclamó Sam, quien luego nos narró: "Mi familia decía que en dicho cristal se registran las memorias de otras dimensiones y que lo que suceda en la Tierra generará una consecuencia sobre su rotación. Recuerdo que hace muchísimos años había momentos en los que cuando volaba por los aires, escuchaba una melodía que a todas las criaturas que flotábamos nos hacía vibrar de gozo y durante ese episodio se oyó en el firmamento una música que penetraba al fondo de mi alma. Fue cuando le pregunté a un pegazo que viajaba por los aires de dónde provenía ese sonido angelical, me respondió que emanaba de *El Último Castillo Azul,* un lugar muy puro y especial. Me dijo que allí habita el eco de las buenas y malas intenciones y acciones y que en la Tierra acababa de ocurrir un movimiento pacifista que traería Amor y Paz para la humanidad, lo que había expandido en su totalidad al cristal que generó una música sacra que nunca más volvimos a escuchar…

Rememoro cuando comentaban él y sus amigos, que el cristal tiene la propiedad de conectarse con el corazón del planeta y que su sentir es la vibración de lo que acontece en la Tierra. También le escuché decir a alguien, que en él se reflejan las obras que lo hacen girar a manera de ondas, las que generan melodías extraordinariamente hermosas". Y luego Khuba reflexionó: **"Quiere decir que el cielo y la Tierra están unidos y que son uno mismo"**. "Lo que acabas de decir lo solía repetir mi abuelo", Sam sonriendo le respondió.

"¿Qué otras experiencias vivieron con la abeja?", el unicornio quizo saber y continué mi narración:
"En el salón de la par donde se encuentra el cristal, se abrió una compuerta que nos condujo hacia una bóveda no tan elevada. En ese lugar pudimos captar dibujada sobre unos murales de vidrio, la dualidad que ha experimentado la humanidad y cuando nos situamos en el plano izquierdo de donde entramos, pudimos apreciar escenas que reflejan mucha paz. Mientras que en el otro lado, las vibraciones de dolor cubrían todo el mural traspasando incluso sobre el que tenía grabados actos de bondad. Me impresioné mucho al ver el contraste radical de luz y de sombra que experimentamos entre esos dos sub mundos. En el lado izquierdo que creo que simboliza a los tiempos remotos, una aureola dorada iluminaba compenetrándose con los maravillosos actos que habían quedado fotografiados como una fiel prueba de las buenas acciones. En el otro polo, la mugre empantanaba y generaba una oscuridad a través de la cual se nos dificultó lograr ver más allá…

"¿Qué había en ese plano?", quiso saber Sam. "Escenas deplorables de abusos de poder y violaciones a los derechos de los habitantes, quienes debían dejar sus viviendas y huir, para vivir", le respondí. Fue cuando KhUBA me pidió que le explicara cómo llegar hasta la bóveda y cuando efectivamente trataba de orientarlo, observamos que una luz intensamente blanca a una velocidad abismal se nos aproximó.

Fugazmente llegó.

"¡Auxilio…!", exclamando entró el sauro a nuestra casa-miel, mientras muy agobiado dijo: "¡Los malos se avecinan y se han posado sobre una rama del follaje de aquel árbol que sobresale entre lo más elevado del bosque!". Y cuando nos pusimos a observar, KhUBA le preguntó: "¿Dices que son malvados?". Rápidamente contestó: "¡Sí y vuelan más veloces que yo! Nos han venido a capturar y desean asesinar a Sam, así que hay que revestirlo más de la miel y esconderlo muy bien. Y en cuanto a mí, me petrificaré otra vez para que no me puedan hacer daño, pues si lo hago aún tengo la esperanza de que los paleontólogos me puedan revivir…".

Dicho y hecho el asustado volador empezó a rotar hacia el lado izquierdo y cuando llevaba la segunda rotación, KhUBA con sus manos lo detuvo: "¡Espera saurito, no tomes una decisión de la cual luego te puedas arrepentir!". Y el chiquitín muy afligido y aferrado a mí, con sus ojitos puestos en KhUBA, muy atento y preocupado por el devenir de su especie le escuchó. "Si te fijas sauro, la luz que le rodea al que se ha posado sobre el árbol resplandece y la energía que proyectan los malos

177

posee un contorno gris oscuro. También se encuentra en las alturas y ellos viajan abajo de la tierra inundándola de lodo. Generalmente despliegan ingratitud y si lo notas, cuando ella se ha posado sobre el árbol ha hecho que le broten gajos de flores que parecen tornasol. Además lo que veo es una linda estrella de cinco picos, los que puedes corroborar". Y el chiquitín asombrado por lo que empezaba a distinguir, con su linda voz infantil contó: "Uno, dos, tres..." y cuando iba a pronunciar el número cuatro, se detuvo unos instantes para preguntarme: "¿Quiénes son esos dos?". "¿Cuáles?", dije yo. A los que con sus alas me mostró: "Fija tu vista con precisión Krita. Uno es un chiquitín que tiene trazadas un par de minúsculas alas y el otro es una especie algo diferente a las que conozco; mira bien, parece que es friolento por el grueso abrigo que utiliza". Al enfocarlos no pude evitar exclamar con una alegría intempestiva: "¡Es Dundra!, mi perra fiel y no usa ninguna clase de abrigo, así es su piel; el que tiene alas es nuestro amigo gorrión y la estrella fugaz es quien los ha transportado pareciendo ser la única que supera las expectativas de vida de su familia de estrellas".

Y no había terminado de expresarlo, cuando la alquimista salió de la esfera volando hacia ellos. "¿Los conoces?", me cuestionó el chiquitín y le expliqué acerca de nuestra gran amistad. Y luego exclamó: "**¡Gracias KhUBA, por no dejar que el miedo me convirtiera en un fósil más!**".

A través de la transparente esfera de miel logramos seguir el vuelo de la alquimista, la que parecía viajar con mayor agilidad que nunca. Como el sauro se quedó con nosotros dentro de la burbuja, se colocó los audífonos que servían para magnificar los ruidos del exterior y es que parecía estar ansioso por escuchar el encuentro entre tan buenos amigos y todo lo relativo a ello. Conforme se acercaba la abeja al lugar donde se encontraban Dundra, la fugaz estrella y el gorrión; escuchamos al sauro exaltado: "Me parece oír una interferencia que proviene desde otra dirección…", me acerqué hacia él y al cabo de unos instantes pude captar una densa conversación: "Allá están, prepara la goma que los ha de adherir al gas que los llevará hasta nuestra guarida. Tú apúntale a la voladora y cuando esta arribe para encontrarlos, rócialos a todos para que entren a un estado de sopor y sin ninguna dificultad los podamos atrapar".

Al escuchar toda la trama e imaginar lo que les podría ocurrir, de inmediato me apoyé en mi prendedor para utilizar mi última petición con la que los libraríamos del mal; sin embargo, antes de usarlo, noté que Dundra con su agudo olfato los había detectado y al lanzar su usual: '¡Guau, guau!', comprendí que le pidió a la estrella que los llevara hacia un lugar donde no estuvieran al alcance de los reptiloides y en cuestión de mili fracciones de segundo, la veloz estrella se perdió de nuestra vista.

"¡Lo lograron!", exclamé feliz, mientras que KhUBA pendiente de la alquimista, pronunció: "Ella es sabia y se sabrá proteger". Pasaron las horas y no la hemos vuelto a ver y durante nuestra larga espera, el sauro no pudo detectar ningún sonido… Tal parecía que ese silencio revelaba que todos sabían que la quietud sería su mejor aliada. A todo esto, el chiquitín volador expresó: "¿Porqué no salimos a buscar a la alquimista?". Y KhUBA dijo: "¡No es buen momento para hacerlo!". Mientras tanto el bosque oscureció y las maravillosas luciérnagas iluminaron el contorno donde el concierto nocturno de las ranas nos arrulló.

Después de un par de días de ver que la abeja no daba señales de vida, volvió la blanca esfera a proyectar que los 'cola larga' le estaban tendiendo una emboscada al joven que nutría con el sol, al corazón. Tejían una enredadera que parecía camuflarse a la perfección entre las distintas rocas de diferentes matices de gris, por entre las cuales solía desplazarse él, para darle energía al prendedor. La trampa la habían colocado a la entrada de la puerta mágica por la cual **el joven solía llegar hasta un puente ancestral, que le conducía hacia el lugar donde se alojaba el espíritu que mora dentro del corazón del planeta.** Ante tal maldad me empecé a cuestionar: "¿Qué debo hacer?" y una voz interior me recordó a Rhom, a quien de inmediato llamé: "Gran espíritu de las manifestaciones de agua dulce, te pido con mucho Amor que tu cauce rompa las barreras que han creado los malvados para capturar al joven quien con sus bondadosos actos nutre el palpitar de la humanidad". Y no acababa de repetir mis deseos cuando a través de la blanca esfera logramos divisar que el cauce del río rápidamente crecía inundando la emboscada que habían perpetuado los reptiloides, razón por la cual el muchacho tendría que nadar o tomar una ruta alterna.

"¡Rhom me escuchó!", clamé de felicidad, mientras el saltarín bailó y nos dijo: "¿Porqué no se suben a mis alas y nos vamos en profundo silencio volando hasta las cercanías donde el joven suele llegar? No vaya a suceder que los reptiloides se hayan dado cuenta de lo que ha ocurrido y le tiendan otra trampa". Ante lo que estuvimos en total acuerdo, pero antes nos impregnamos del néctar que la alquimista había dejado dentro de la esfera para sintonizarnos con el bosque y no dejar rastro alguno de nosotros durante nuestra misión.

Sobre el sauro viajaba KhUBA y en Sam volaba yo, mientras experimentaba una sensación extraordinaria de viajar sobre un Ser mítico. El pequeñín de ojos protuberantes nos preguntó: "¿Tienen miedo?" y todos contestamos que no, mientras que Sam prosiguió: "Un Ser que vuela nunca debe dejar entrar un sentimiento tan primitivo como es el temor. Esta falsa percepción alimentaría a las criaturas que crecen con su baja vibración". Y luego de escucharlo hablar, el sauro

181

comprendió su explicación y sus alas cobraron una fuerza mayor. Mientras vociferé: **"Nos dirigimos hacia el centro del planeta para bombear de Amor a su noble corazón"**, todos repitieron al unísono: "**¡Te sanaremos Tierra!**"; cuando en respuesta escuchamos un latido agudo que retumbó con muy buen ritmo. "¿Lo han oído?", dijo el pequeñín, mientras todos reímos de emoción… Volar sobre ese bosque era una bella oportunidad para encontrarnos con una energía importantísima para el planeta, la que habría que recuperar para su longevidad. Sobre volar el cauce del río transparente que lo bordeaba, nos hacía cobrar la esperanza de que ese majestuoso afluente abriera sus compuertas internas y que nutriera el subsuelo tan contaminado que había erosionado el imperio de los inconscientes.

Mientras viajábamos por encima de la poblada naturaleza que cuidan los nobles espíritus del bosque, el sonido del viento me hizo escuchar que alguien balbuceaba mi nombre y al volver mi vista hacia ese eco que logré percibir, me encontré con que al alcance de mi vista camuflados entre las ramas más elevadas se encontraban Dundra, el gorrión y la estrella solidaria de nuestra misión. Parecía que sin percatarse de nosotros nos llamaban con su pensamiento y que una ráfaga del suave viento había servido de canal para que sin que ellos hablaran, pudiera captar sus deseos de estar al lado nuestro. "Por favor unicornio, desciende con cuidado sobre aquel árbol que está al lado de donde se encuentran nuestros buenos amigos. Hazlo sin generar el menor ruido por si los malos se encuentran cerca y nos pudieran percibir". Y con suma cautela, Sam nos situó a poca distancia de donde se encontraban. "¿Por qué hemos descendido sobre las ramas de este árbol?", en voz baja nos preguntaron el sauro y KhUBA, quienes nos seguían sigilosamente por detrás y se habían colocado sobre su frondosa copa. "Fue mi intuición la que nos condujo muy cerca de nuestros buenos amigos a quienes teníamos tiempo de no ver…". Y mientras les respondía, vi que la estrella y su dúo acompañante se encontraban observando meticulosamente lo que acontecía en el bosque, a tal punto que no se habían percatado de nuestra presencia.

Cuando nos concentramos en lo que ellos miraban, logramos captar que Dundra, el gorrión y la estrella fugaz parecían estar tan impresionados al ver desde las alturas lo que le estaba sucediendo a un grupo de reptiloides, tanto así que ni siquiera Dundra me había percibido con su agudo olfato. Al fijar nuestra vista en el plano donde ellos atentamente observaban, vimos que tres de los 'cola larga' bordeaban nuestra pasada casa- miel, dentro de la cual había ingresado uno de los de su especie. "¡Miren lo que le está sucediendo al que se encuentra en el interior de nuestra burbuja de miel!", exclamó en voz baja el sauro. Y efectivamente era realmente impresionante lo que le estaba ocurriendo… Al fijar nuestra atención en él, nos dimos cuenta que parecía estar sufriendo una metamorfosis física. Sus largas fauces poco a poco se comprimían hasta encontrarse con rasgos que perfilaban un rostro humano, mientras que su cola tendía rápidamente a desaparecer. La grasa viscosa que lo encubría se disolvía y gradualmente fuimos viendo como aquel grotesco animal situado dentro de la burbuja de miel, se fue convirtiendo en un Ser de apariencia amistosa.

"¿Qué ha pasado?", asustados nos preguntamos, ante lo que les di mi opinión: "**Considero que las propiedades que la abeja tiene para transformar con su miel son sumamente poderosas y haber entrado a los dominios de una alquimista del calibre de ella, era someterse a un proceso de transformación personal maravilloso**". "Es un buen argumento", KhUBA me secundó, mientras el sauro agregó: "Lástima que no está la despetrificadora para que ella misma nos lo explique. A propósito, si no aparece mañana la saldré a buscar y no esperaré un día más". "Te acompañaré, aunque deberíamos observar lo que sigue ocurriendo en el interior de nuestra casa-miel…".

Mientras a continuación nos concentramos en lo que sucedía, notamos que los tres restantes 'cola larga' fueron penetrando uno por uno dentro de la esfera para capturar al Ser que se había transformado, aunque ocurrió que al adentrarse a la burbuja se fueron convirtiendo en personas de aspecto dulce, quienes al verse con sus características naturales parecían inmensamente felices. "¡Qué lindos son!", manifestó el chiquitín volador, mientras el silencio entre todos reinó…

Los cuatro reptiles salieron de nuestro dulce hogar temporal, convertidos en niños y al hacerlo, empezaron a disfrutar del maravilloso bosque donde se encontraban. Mientras la niña corría alegremente tras un lindo armadillo que salió de un hueco, los otros tres jugaban entre los majestuosos árboles que movían con la brisa sus inmensas y flexibles ramas. Entre todo ese maravilloso ambiente que recién acababa de nacer, se escucharon unos pasos que parecían acercarse más y más. El ruido que hacían más bien parecía un tropel que a cierta distancia alcanzamos a ver y entre ese estruendo tremendo fueron apareciendo aquellos reptiloides, quienes afanados empujaban un largo cañón que arrojaba borlas de fuego.

"Si los encuentran, los matarán", expresó KhUBA refiriéndose a los cuatro niños; mientras ellos parecían no deparar ante el peligro que se les avecinaba. "Iré a rescatarlos antes de que los malos los vuelvan a hipnotizar y los revistan de esa mugre que altera su genética y su identidad", mencionó el unicornio. "¡Tú no puedes ir Sam!", preocupada lo detuve recordándole que lo querían asesinar, mientras sorpresivamente desde el lugar donde se encontraba, la estrella fugazmente voló desde las alturas y en un dos por tres los recogió y los llevó a la rama donde se protegían con Dundra y el gorrión. Cuando los niños se encontraron con mi fiel amiga y con su amigo volador, se dieron cuenta de que los estábamos mirando y al notarnos nos saludaron desde la rama donde se encontraban.

Al hacerlo y recibir nuestro efusivo saludo, Dundra nos olfateó y de inmediato lanzó con mucha alegría su inconfundible: "¡Guau, Guau!", sonido que parecieron captar los del imperio del mal y que empezaron a rastrear… Desde donde me encontraba le hice un gesto a mi fiel amiga recordándole que debía callar y al hacerlo, la fugaz de cinco picos los tomó entre su cuerpo y los trajo hasta este árbol donde nos abrazamos…

Ya estando al lado de nosotros, lo primero que hice fue extraer un poco de la miel de la alquimista, la que había guardado en mi cajita por si la necesitábamos. Y como debíamos protegernos para no ser interceptados, le pedí al árbol que nos había acogido que si nos podía dar un poco de su bálsamo para hacer una mezcla que adquiriera su aroma y de inmediato nos la colocamos, con lo que me sentí más tranquila sabiendo que no nos podrían detectar con facilidad. Cuando nos protegimos empezamos a disfrutar de nuestro reencuentro y pasamos un buen rato pendientes de lo que acontecía en el bosque. Nos quedamos esperando la presencia de aquel joven de alma buena, a quien le ayudaríamos para que no fuera capturado por las fuerzas del mal.

En tono bajo conversábamos, mientras las ramas sostenían en vez de cuatro, a once amigos entre quienes faltaba la alquimista. "Yo soy un sauro y puedo volar muy alto" y al decirlo alzó el vuelo veloz dejando a los niños lo bastante sorprendidos. "¡Parece un aeroplano!"; "¡más bien un jet…!", dijeron dos de ellos y cuando volvió de su viaje por las nubes fijando su mirada hacia los nuevos integrantes del grupo, preguntó: "¿Y ustedes quiénes son?". Fue cuando entonces la niña contestó: "Tal vez dentro de poco tiempo te pueda responder, solamente sé que es grato estar entre Seres como ustedes". El ágil volador agradeció con un contundente: "¡Muchas gracias!".

Mientras KhUBA se les aproximó y con gestos muy tiernos les ofreció protección y seguridad, el más pequeño de los cuatro rompió en llanto y KhUBA le tomó entre sus manos y lo acarició dulcemente hasta que se durmió. Durante esa pausa, Sam conversaba con los otros tres niños quienes con interés le escuchaban sus lindas historias por el espacio. Él afanado les hablaba de las cometas, también les narraba acerca de un mago que vivía en una gruta celeste de donde surgían instrumentos musicales para que quienes habitan alrededor de su hogar, entonen una música espectacular con las trompetas, los violines y las arpas. "¿A qué se debe que sin ser especialistas musicales interpreten melodías tan maravillosas?", preguntó uno de los niños y Sam le respondió: "A que tienen polvos de un mago que ama la sinfonía musical y basta con sólo tomar una trompeta entre tu tacto, para que empieces a interpretar una pieza musical espectacular que brota de los corazones bondadosos…".

187

Cuando la niña terminó de escuchar al unicornio, alegremente dijo: "Ahora que lo recuerdo, en mi hogar solía tocar el piano y cuando lo hacía, mis amigos cantaban al son de cada nota musical. Rememoro que vivíamos en un lugar cerca de un manantial al cual llegaban a beber de su cristalina agua los venados con sus siervos. Tenía como amigo a un lindo pájaro que se posaba sobre el piano a cantar cada vez que escuchaba la música y ambos brindábamos conciertos que alegraban a la comunidad". Y el gorrión al escucharla desde su minúscula garganta entonó aquel canto esperanzador ante el cual el bosque se sintonizó y el ritmo cardíaco del planeta se activó. "¿Lo escuchan?", nos preguntó el mayor de los niños. Al responderle afirmativamente, él pareció recordar un episodio vivido y nos narró: **"El imperio del mal desea revestir de una sustancia viscoza al corazón de la humanidad, para que éste dictamine los actos malévolos de guerra y de violencia en el planeta".**

"¡Qué ingratos son!", exclamó el sauro y fue en ese instante cuando la niña recordó: "Su ejército es inmenso y cada día crece más. Además de lo que mi hermano les narró, tienen otro objetivo claro y es aniquilar a un unicornio. Ellos decían que es el único que tiene el poder para hacer brotar caudales de prosperidad, lo que terminaría con la desdicha que han sembrado en el planeta y que actualmente la conduce hacia el ocaso". "¿Qué has dicho?", la interrogó Sam el unicornio. "Que él… digo, más bien, que alguien como tú, podría vengar la muerte que dieron a un Ser que se llamaba Asallam". "¿Fueron ellos?", Sam tristemente le preguntó, y ella le narró: "Creo que le pusieron una trampa a tu abuelo unicornio, cuando volvió a descender de los cielos por segunda vez para ayudarnos a reconstruir la Paz sobre la Tierra. Parece que su cuerno se rompió y que cuando un hada bajó a pegárselo, se encontró con que los malvados lo habían destrozado en mil pedazos. Resulta que los ambiciosos se los habían repartido creyendo que tener un fragmento de él, los haría ricos e invencibles. Cuando el hada se percató de lo que había ocurrido, lloró y lloró hasta que formó una laguna en medio de la cual sepultó la punta del cuerno de Asallam, buscando su protección".

"Cuéntanos cómo llegar hacia él", y ella prosiguió: "Solamente el espíritu en el que mora sumergido, lo podría develar, pues según dicen lo ha guardado en una gruta donde inició la vida del planeta. Parece ser que encierra magia y que tiene grandes poderes ocultos. **Escuché que se encuentra en el camino que conduce hacia la caja de cristal de cuarzo de seis caras".**
"¿Dónde se encuentra el palpitar de la humanidad?", **cuestionó el sauro. "Efectivamente", respondió uno de los niños, mientras el otro dijo: "Esta escrito en los símbolos del *Libro de Cristal*, que podría llegar el día en el que las aguas, el aire, el fuego y el noble corazón de los reinos de la Tierra se fusionen, para transportar**

hacia el Castillo Azul los destinos de planeta. "¿Y cómo podremos llegar hacia él?", quise saber.

"Parece que existen cuatro vías: La una es adentrándose en una cueva que contiene la mugre pegajosa que calcina lo que toca, donde se refugia la maldad. Dicen que, en lo más profundo, justo a la entrada de la antesala donde se encuentra, existen unos escritos que nadie ha podido develar y que únicamente un Ser de alma pura, podría tener acceso a su información y al Corazón de la Tierra. Por ello que los malévolos custodian ese lugar y jamás dejarían que nadie penetre hasta la puerta que se podría abrir, si ese Ser especial llegara hasta allí.

La otra vía alterna es la que un joven labriego ha encontrado por la cual nadie podría llegar hacia donde se encuentra". "¿Por qué?", KhUBA interesado interrumpió. "Debido a que es una ruta propia que él seleccionó y le pertenece a sus logros. Entiendo que no lo puede extraer, sino que únicamente lo alimenta porque se encuentra débil de salud". "¡Qué bueno ha de ser!", exclamó el gorrión. Y la niña prosiguió: "Solamente recuerdo que dijeron que para que la Tierra se salve, hay que extraerlo de ese lugar y colocarlo al centro de un Castillo Azul. Según dicen eso será imposible debido a que en el planeta ya no existe ningún castillo de esa vibración. También hay un mundo de seres minúsculos alados al que es muy difícil traspasar, sus habitantes son excesivamente cuidadosos y nadie ha logrado penetrar. Parece que desde ese portal sagrado de la Naturaleza se puede accesar a él, aunque no sé si se pudiera extraer". "Casi logramos entrar en él", le comenté. "¿Y el otro camino?", interrogó Sam. "Ese es un sueño imposible de alcanzar… Debes entrar a *El Último Castillo Azul* que flota en el espacio, donde hay un canal ínter-dimensional que te conduce por medio de una cueva hacia donde se encuentra. Parece que es del único lugar de donde lo puedes extraer con facilidad, pues escuché que, si alguien lo recupera y lo coloca en medio de *El Último Castillo Azul,* nunca en la Tierra volvería a existir la tendencia a hacer el mal".

Cuando Sam terminó de escuchar, le dijo: "Hay algo que no me queda claro. Hablabas de la punta del cuerno de Asallam. Decías que se sitúa en medio de la laguna y desearía saber acerca de ello un poco más…". Entonces la niña nos narró que la laguna gradualmente se seca y que, si eso ocurría, la punta del cuerno de Asallam se iba a deshacer. Esto es debido a que las propiedades de las lágrimas del hada son las únicas que lo podrían mantener en su estado natural. "¿Qué hay que hacer?", pregunté y ella con tristeza me respondió: **"Si en el planeta se creyera en el mundo de las hadas y en su magia eso alimentaría sus Presencias.** Sin embargo, la niñez se ha robotizado a tal grado, que los pocos niños que hablaban de ellas, eran cruelmente tratados. Lo que ha sucedido es que los niños y las niñas vivieron inmersos en medio de tantos vicios inhumanos que los reptiloides sembraron. Ya no jugaban con seres alados, sino con armas que tienen la finalidad de matar. Aunque relativo a tu pregunta, me parece haber escuchado que la laguna se sitúa donde ciertas luces se observan en el cielo viniendo desde el sur".

Ante esa afirmación quise saber: "¿Adónde puedo encontrar a más niños terrícolas? Tengo largos años de querer hallarlos y no descubro donde es que se encuentran?". Y ella me contestó: "Tu intuición te ha de guiar". Y al acabar de revelarnos un secreto existencial, la niña fue cayendo lentamente en un sueño que la colocó al lado de los otros niños que dormían cubiertos por la ternura de KhUBA, quien se encargaba de velar sus sueños. Y con un sentimiento de felicidad decidí reposar sobre el suave follaje del árbol que nos cobijó esa larga y maravillosa noche, en la que me quedé dormida soñando con regresar al Reino Azul donde pende aquel hermoso cristal...

"¡Ha amanecido!", el saurito saltó despertando a los niños. "¿Y Sam, adónde estará?", nos preguntamos aturdidos, cuando de repente lo alcancé a divisar y me tranquilicé al verlo volar muy cerca de nosotros. Al cabo de unos segundos, lo vimos llegar y sobre sus alas traía unas sabrosas semillas y frutas silvestres recién recogidas que nos compartió. El gorrión cantó y el chiquitín bailarín le acompañó con su danza saltarina que nos hizo reír a todos... "¡Qué ricas saben!", felices las saboreamos, mientras la estrella veloz dio un paseo a su alrededor y al volver nos anunció: "Iremos a un lugar donde sucederá algo que les gustará, por lo que les pido que confíen en mí y que se suban a mi aureola", al decirlo se nos acercó: "¿De qué se trata?", me preguntaba, mientras me subía a uno de los cinco picos que gentilmente me ofreció y cuando todos estábamos bien adheridos a ella, con una rapidez asombrosa nos llevó hacia una sabana donde habían muy pocos árboles. Al detenerse sobre uno de ellos, pronunció: "Debemos bajarnos con mucho cuidado y sin hablar…". Cuando lo hicimos, siguiendo sus indicaciones al pié de la letra, el sauro dijo: "Señora estrella, esto es muy misterioso para mí. No será que nos puede dar una pista". Y cuando el chiquitín terminó de hablar, ella con uno de sus picos nos señaló: "¡Allá está!".

"¿Quién?", le interrogamos sorprendidos. Y ella nos respondió: "Shhh… no hagan ruido pues la pueden despertar". **Y al aproximar nuestra vista hacia el punto donde nos refería la fugaz de cinco picos, divisamos una burbuja de miel clara dentro de la cual descansaba la alquimista**. La felicidad que sentimos era indescriptible, la habíamos extrañado tanto y aunque sabíamos algo sobre sus poderes, existía la posibilidad de que alguien la hubiese hipnotizado y capturado como a la ardilla. Con cuidado nos acercamos uno a uno a la rama donde apaciblemente dormía. Sin hacer el menor ruido, la rodeamos y nos quedamos esperando a que se despertara, aunque ante el murmullo de todos poco a poco movió sus pequeñas alas, abrió sus simpáticos ojos y al mirarnos a su alrededor, expresó: "¡Qué lindo lo que estoy soñando! Aunque a ustedes no los conozco", volviendo su mirada hacia los cuatro niños expresó y continuó: "Es que en los sueños te encuentras con personajes a quienes nunca has visto…". En ese momento me acerqué hacia ella, la quise besar y al sentir mi Amor sobre la membrana de miel que la cubría, revoloteó sus alitas, se despertó, rompió la esfera y pronunció: "**No todos los sueños, sueños son…**", mientras la alegría nos contagió.

Cuando amanezca

KhUBA pronunció: "**¡Nos encontramos en un momento trascendental para la Tierra!** Por un lado, los reptiloides están decididos a aniquilar la Paz y el bienestar. Por el otro, habemos quienes como el duende del gran bosque no hemos cesado en nuestra lucha por reedificar el bien colectivo de nuestro planeta. Las hadas han emigrado casi en su totalidad y aunque el corazón del planeta tenga a un joven bondadoso que le hace vibrar con su Amor, **necesita de una población mayor que sea la protagonista de una nueva Tierra.** Considero que es el momento de agudizar nuestra batalla para erradicar el mal y debemos reorganizarnos para anclar la Luz y el Amor".

Ocurrió que cuando KhUBA terminó de hablar, el gorrión entonó aquel himno de Paz esperanzador y luego de un silencio reparador y enriquecedor, la estrella fugaz se despidió: "Los dejaré un rato porque iré a visitar a nuestro amigo Destino. Tal vez haya retirado el velo que edificó en el espacio y tenga alguna retroalimentación que darnos. Intentaré volver tan pronto como pueda, pues sé que puedo serles de alguna utilidad".

"Gracias por ser solidaria con nuestra causa, creo que tu intención es maravillosa y si lo logras, será de gran ayuda escuchar esa voz tan sabia del Destino, que tanta falta nos ha hecho", le respondí. "Me voy", expresó la fugaz luz y mientras se perdía en el inmenso firmamento, la despedimos con un: "¡Vuelve pronto!".

Al cabo de unos instantes, el sauro se dirigió hacia mí y me dijo que sabía de una ruta alterna a través de la cual no sería tan difícil llegar hacia el lugar donde nos conocimos y donde la naturaleza petrificada — en vista de que la magmática ya no se encontraba entre nosotros —, nos podría guiar para poder encontrar el camino que nos llevaría al sitio donde palpita el corazón. La idea me pareció genial, dado que debía viajar retrospectivamente para intentar encontrar el canal ínter-dimensional que no supe buscar cuando estuve en el Reino Azul. Al escuchar lo que el pequeñín me ofreció, la abeja nos manifestó: "Si ese recorrido conduce hacia el Reino Azul, es una alternativa que hay que considerar. Sin embargo, joven Sauro, debes tener mucha seguridad ante el ofrecimiento que haces, **pues el tiempo apremia y la frecuencia cardíaca de la Tierra podría producirle un infarto y hacerla colapsar muy pronto**. Si aceptas su ofrecimiento Krita, les acompañaré, intuyo que habría que comenzar lo más pronto posible". "Muchas gracias, porque irás a nuestro lado; aunque siento que debemos iniciar nuestra ruta cuando mañana salgan los primeros destellos de luz, con los cuales podamos emprender nuestro viaje", y estuvimos de acuerdo. La noche tinto un cielo espectacular en el que las estrellas trazaron un mapa que parecía ser una señal para nuestra trayectoria... La luna se empezó a manifestar en un límpido firmamento y ante el diagrama celestial nos deleitamos con el espíritu de los vientos nocturnos, entre los que surgió repentinamente una luz. "¡Mira Sam!", impresionada exclamé; mientras él me explicó: "Esa luz profundamente verde que ves danzar y revolotear, la que gira y se retuerce en un momento cambiará a rosa y luego se convertirá en púrpura". Y conforme sucedía tal cual mi místico amigo me lo anunciaba, surgía en mí una sensación inexplicable y una interrogante: "¿Qué es lo que sucede en el cielo Sam?". "Es algo espectacular Krita. Es la aurora boreal que viene de las luces que se forman en el norte. Algunos creían que es la diosa del amanecer; mientras otros pensaban que son los espíritus de nuestros grandes maestros, quienes nos irradian con su grandiosa luz. También ha habido quienes la han relacionado con un enorme dragón...". "Si te fijas Sam, la aurora boreal no se mira todas las noches y si ha salido en este momento es para indicarnos que es hacia el Norte que hemos partir. Ella ha venido para guiarnos y la tomaré como una profunda señal". "Si tu intuición te dirige hacia allá, nunca vaciles en seguirla Krita", me repitió el unicornio y al acabar de reafirmar mi posición, me di cuenta que Sam, tenía una opinión diferente a la mía, así que decidimos que él haría su viaje hacia el Sur.

"Yo iré a ver la aurora austral que se forma con las luces del Sur. Tengo la impresión de que ese camino me llevará hacia el lugar donde tengo que llegar", reafirmó. Y mientras la transición de la luz se vistió de completa oscuridad, toda la noche pasé buscando una estrella fugaz. La verdad es que la esperaba con la ilusión de que nos podría traer buenas nuevas de nuestro sabio amigo Destino, antes de partir y mientras la buscaba en el inmenso prisma de un cielo con una diversidad de luminarias, me dormí…

Soñé que debía llevar conmigo al gorrión, por lo que al despertar y escuchar su canción, lo invité a viajar al lado de nosotros y feliz aceptó. "¿No han visto a la fugaz de cinco picos?", pregunté y nadie respondió haberla divisado. Cuando nos preparábamos para emprender una misión fundamental, nos sentamos un momento a conversar: "¡Guau, guau!", Dundra exclamó curiosa por saber lo que ella iba a hacer; le respondí: "Creo que eres la mejor guardiana que he conocido, tu rol será proteger a estos cuatro niños. Y en cuanto a ustedes, deseo que nunca se distancien de nuestra fiel amiga Dundra. Ya lo verán, ¡ella es maravillosa! Además de jugar y de saber retozar, es cautelosa y en cuanto a su agudo olfato, nunca le dejen de hacer caso. Si los llama, acudan de inmediato y, si les permite rondar a su alrededor, respeten los límites para que cuando regresemos nos podamos volver a abrazar. Recuerden que el imperio de los 'cola larga' intenta

deshacerse de Seres buenos como ustedes". "¡Guau!",
expresó mi gran amiga en señal de aprobación y luego los
niños se comprometieron a cumplir las reglas indicadas.

A todo esto, la abeja preparaba burbujas cargadas de miel
clara, las que al terminar de arreglar se dedicó a colgar
alrededor del cuello de cada uno de nosotros y al concluir
nos explicó: **"El néctar que he colocado dentro de cada
esfera contiene un repelente para que no los puedan
detectar; aunque les recomiendo mucha precaución.
Recuerden que ellos manejan una tecnología
sofisticada y que con sus mecanismos robóticos
pudieran alcanzar a registrar sus movimientos; así
que, cuando el enemigo se acerque será mejor que se
camuflen e inmovilicen"**. "¡Gracias, amiga alquimista!",
le expresamos.

A continuación, les narré que mi camino iniciaría en el
norte y que si se encontraban con la estrella fugaz, que
les pedía le dijeran que en esa dirección me encontraría.
Antes de irnos los abracé a todos y muy especialmente lo
hice con Dundra; quien cuando nos abrazamos me quiso
poner su lazo de oro con rubíes y aunque se lo agradecí
mucho, le expliqué que no podía aceptárselo debido a que
le pertenecía a ella y que por nada en el mundo se lo fuera
a retirar. Le reiteré que con él sobre su cuello, era
sumamente probable que nos volviéramos a encontrar
y le hice prometerme que nunca se lo volvería a quitar, lo que
me hizo tranquilizarme mucho más. Finalmente me acerqué

hacia Sam, a quien le pedí que se cuidara especialmente y que recordara que su báculo contiene amplios poderes que solamente descubriéndolos podrá saber utilizar… **Le reafirmé que con sus pensamientos, como con sus actitudes, puede re-orientar lo que está escrito en su destino y que puede ser forjador de su propio camino.** Al terminar de hablar me respondió: "Gracias por tus palabras Krita, por tu cariño con el que me haces reafirmar tus deseos para que yo exista.
Te prometo que lucharé con fe, para que podamos transformar el mundo actual en alegría y paz". "Así será", y al repetírselo elevé mis brazos vaticinando una victoria, mientras mis compañeros me imitaron con el mismo gesto.

Había amanecido y los rayos de luz nos impulsaban a salir, cuando la alquimista nos recordó: "Es hora de partir". Mientras el gorrión entonó su peculiar canción y el sauro le acompañó con su danza usual, que a todos nos hizo sonreír, empezando nuestra travesía con ese sentimiento de felicidad…

Sam con destino hacia el Sur, al lado de Khuba se marchó; mientras que Dundra saltó desde la rama para encontrarse con aquel joven de alma bondadosa, quien, a los pocos minutos de nuestra partida, vimos que pasó por debajo del árbol donde los niños se quedaron observando lo que acontecía. "¿Volvemos hacia atrás y bajamos para conversar con él, aunque sea por un rato?"; les pregunté a mis tres compañeros de viaje y aunque el sauro dijo sí, la abeja y el gorrión exclamaron: "¡**Ya hemos avanzado**

Krita, estos minutos de retraso podrían traer consecuencias graves, no retrocedas!", frase que anteriormente ya había escuchado de nuestro sabio amigo Destino, lo que me hizo desistir. Y mientras me preguntaba interiormente porque razón no nos pudimos reunir, mi anillo de corazón pronunció: "Él debe caminar sin ti y tú debes hacerlo sin escuchar lo que te tenga que decir", palabras que me tranquilizaron, las que rápidamente comprendí.

Durante nuestro vuelo pudimos observar grandes parcelas de tierra desiertas y cubiertas por el líquido viscoso. La falta de bosques se imponía en nuestra trayectoria y las siembras de fuego hervían efervescentes incendiando lo que a su paso encontraban... No cabía la posibilidad de que existiera vida en aquellos lugares extensos plagados de muerte, sobre los que volábamos y que anteriormente habían sido manifestaciones de una naturaleza llena de Vida. En medio de esos momentos tan crudos, recurrí a conversar interiormente con la misma entidad que me visitó en la isla situada en medio de aquella inmensa bóveda, donde viven los peces amigos del simpático volador, la que por cierto me enfatizó: **"Ten fe en tu misión Krita, y no caigas en la trampa de claudicar, aunque lo que veas sea de la magnitud de lo que estés palpando... Mientras haya vida en el planeta, lucha por ella y no declines nunca"**.

Recurrir a ese maravilloso espíritu que debe morar dentro de cada uno de nosotros, me hizo sentir la fuerza para inspirarme y para visualizar más allá… **Me imaginé al planeta resurgir y eso fue suficientemente fuerte para proseguir.** De pronto la voz del sauro interrumpió mi monólogo interior: "Krita, ¿qué no me escuchas…? Creo que es por aquella gruta que debemos ingresar". Al observar la fachada notamos que había dos gigantes reptiloides custodiando la entrada para que nadie se acercara a ella, y mientras nos colocamos por detrás de una roca, nos detuvimos a observar sus movimientos. Vestían una caparazón cubierta con gruesas espinas y entre sus garras sostenían un eslabón que parecía captar lo que a su alrededor sucedía y a través del cual se proyectaba un rayo infrarrojo que exploraba la periferia. "No se muevan, ni hablen una sola palabra. Retengan la respiración hasta que les avise", dijo la alquimista, cuando vio que un rayo que lanzaban iba a rastrear muy cerca de donde nos encontrábamos y mientras yo obedecía sus indicaciones, el sauro se desmayó generando mucho ruido alrededor…

De inmediato e inesperadamente una fuerza nos succionó y todo ocurrió en un abrir y cerrar de ojos, sin que nos percatáramos de nada de lo que pasaba en torno a nosotros. De repente nos encontramos aprisionados dentro de un lugar grisáceo y completamente solitario, donde lo único que alcanzábamos a ver era el brillo de nuestros ojos. "Nos calcinarán", con mucha nostalgia expresé; mientras el gorrión entonó su ritmo esperanzador y el sauro, con su voz se despertó un tanto desorbitado: "¿Adónde estamos…?". "En las garras de los reptiloides, quienes no nos permitirán cumplir con nuestra misión. La Tierra dentro de poco tiempo se hundirá y no la podremos salvar como nos lo habíamos propuesto. Estamos a las puertas de morir y lo más triste es que teníamos tantas ilusiones por cumplir nuestro sueño. Lo lamento profundamente Sauro, pero tu especie no logrará ser protagonista de una nueva era…", le respondí. A todo esto, la abeja circulaba dentro del oscuro lugar donde nos encontrábamos, sin decir una palabra; cuando de pronto el sauro movió su ala y nos alumbró con su linterna-estrella. Al poder ver con su luz, nos dimos cuenta de que el ambiente en el cual nos habían metido era como un laboratorio donde había tubos de ensayo que contenían ciertas mezclas. "No toquen nada, podría ser letal entrar en contacto con alguna sustancia que guardan los 'cola larga' para hacer el mal", con temor expresé. Y al cabo de unos instantes, el sauro con toda su alegría exclamó: "¡Qué felicidad!" y mientras bailaba sin parar, pensé que quizás le había caído alguna mezcla que lo había vuelto completamente loco…, porque ese sentimiento era opuesto al dolor que nos generaba mutar ese grandioso sueño que todos teníamos.

Cuando se cansó de dar mil vueltas de alegría se detuvo y cayó sobre el suelo rugoso; fue entonces cuando la abeja se acercó hacia él y aprovechó para indagar sobre su estallido emocional. "Cuéntanos saurito, ¿a qué se debe que estés inmensamente feliz en esta situación en la que Krita está sufriendo; en la cual el gorrión no se siente cómodo para entonar su canto y donde yo estoy tratando de discernir en el lugar donde nos encontramos". Inmediatamente el chiquitín le respondió desconcertado: "¿Cómo dices despetrificadora? ¿Hablas de que Krita está sufriendo y de que ustedes no están bien? Perdonen, pero del júbilo que sentí me olvidé de explicarles lo que nos había sucedido. ¿Se recuerdan de nuestra gran amiga la magmática, a quien teníamos tiempo de no ver? ¡Pues estamos en su interior…! Sin duda alguna ella estaba muy cerca de nosotros, cuando detectó un grave peligro y nos absorbió. Recuerdo que cuando me desmayé del miedo que sentí al imaginar que nos capturaban los reptiloides, una energía veloz nos tragó y al abrir mis ojos y ver este lugar, e ir rememorando cada uno de sus elementos me dio una inmensa felicidad; debido a que ya había estado dentro de ella mucho tiempo y tengo la certeza de que aquí nos encontramos seguros". Al escuchar su explicación, me recosté al lado de una pared gris sobre la cual empecé a asimilar lo que el chiquitín nos había dicho. Lo mismo hizo el gorrión y la abeja le siguió…

"¡Despierta Krita!; abre tus ojos alquimista; sacude tus pequeñas alas gorrión…"; entre dormida y despierta logré escuchar que una voz conocida nos inducía a levantarnos. Poco a poco fui abriendo mis sentidos dentro de una inmensa cueva, donde no me recordaba haber entrado nunca; sin embargo, no lograba despertar en mi totalidad pues además de sentirme ajena al contexto donde dormía, me sentía como aletargada… "Ya han dormido dos semanas, es tiempo suficiente para revitalizarse y retomar su misión". Me desperté y encontré enfrente de nuestra amiga la magmática. "¡Cuánto tiempo de no verte!", le dije, después de abrazarla y luego continué: "Gracias por salvarnos de las garras de los malvados y por expulsarnos sanos y salvos de tu laboratorio. A propósito magmática, ¿qué sitio es éste?". Cuando una exclamación del sauro me hizo ver hacia donde el pequeñín señalaba con sus alas. "¡Mira alquimista, todo aquello brilla como si fuera un sol!". La verdad es que había un resplandor que nunca en mi vida había presenciado y mientras la abeja y el gorrión, salieron volando a toda marcha en dirección hacia ese lugar de luz; retomé el camino con ella y con el sauro, quienes andaban como yo. "¿Qué es esa luminosidad?", quise saber, ella me contestó: "**Un lugar muy especial**".

"Pero cuéntanos magmática, ¿cómo fue que nos salvaste de los 'cola larga'? No me acuerdo haberte visto en ningún lugar donde anduvimos", pronuncié. Ella me narró: "pero si ustedes se escondieron de los reptiloides atrás de mí". "¿Eras tú?", interrogó el sauro, un tanto extrañado. Y ella le contestó: "Efectivamente y eso me permitió resguardarlos, de lo contrario es hora de que estarían calcinados". Y al oírla, el saurito la abrazó y por primera vez descubrí que las rocas al reír, muestran la silueta de sus bellos y dulces labios…

En el interior de la gruta

Viajar con mis tres compañeros al lado de la magmática y adentrarnos en esa inmensa gruta que al fondo reflejaba una luz espectacular, me hacía experimentar mucha seguridad. Caminar en su interior me generaba esa sensación de descubrir y redescubrir una porción más de las grandiosas maravillas que cohabitan en mi planeta, y mientras la magmática se detuvo unos instantes para hacer un saludo muy deferente ante un grandioso mineral, el sauro con tono impresionado exclamó: "¡Parece un palacio del más fino cristal!" y al escucharlo hablar, rápidamente nos situamos a su lado para observar a lo que él se refería.

Era realmente espectacular lo que la Naturaleza había tallado al interior de esa cueva, parecía una ciudad donde el cristal reinaba construyendo en sus dominios estructuras que un arquitecto jamás podría imaginar o replicar... Al vernos profundamente sorprendidos ante esa creación tan perfecta, la magmática se acercó hacia nosotros y nos comentó: **"Lo que está frente a nosotros es una macro-geoda de cristal de cuarzo, si la observan bien notarán que sus cristales alcanzan un tamaño aproximado a los treinta metros de largo y toda ella se encuentra sembrada sobre un cuerpo de**

magma". "¡Jamás hubiera imaginado que la Tierra encierra tesoros como al que hemos tenido acceso!", exclamé; mientras la alquimista le preguntó: "¿Sabes a qué se debe la intensidad de sus tonalidades y rayos de color y la de esos destellos de luces púrpura y azul?" y nos respondió que sus compuestos son de selenita y que en la misma gruta hay una gran variedad de otras cavernas con cristales que reflejan tonalidades diferentes por su composición. "¡Qué impresionantemente bellas son!", cantó el gorrión, mientras nos empezamos a adentrar en un lugar donde todo lo que hay son magníficos y translucidos cristales de multitud de formas semejando toda una geometría piramidal.

Las paredes al lado de las cuales nos desplazábamos eran del más transparente tono, tanto lo eran, que pensé que si colocaba una página de un libro atrás de algún cimiento de cristal, fuese fácil leer su contenido a través de sus muros cristalinos... Algunos cristales eran de aspecto puntiagudo, otros más bien lo eran de forma rectangular. Los había en rombos, octágonos, círculos, estrellas, triángulos y aquellos que se ven un poco más al fondo, reflejaban destellos de toda una gama de morados. Al notarnos tan sorprendidos acerca del recorrido que hacíamos, la magmática nos fue dando una clase gráfica sumamente interesante y al cabo de un momento nos señaló hacia el sur: "¡Allá se encuentran las minas más grandes de cuarzo!". Al escucharla, el saurito interrumpió: **"Papá nos solía contar que en la Tierra**

hay minas que dotan de energía al planeta y en algunos momentos lo oí decir que ha habido algunos seres que las han destrozado utilizando dinamita". Y la sabia magmática exclamó: "¡Es muy triste y muy cierto lo que dices!". Y de inmediato quise saber: **"¿Estará cerca de aquí el canal ínter-dimensional que me pueda conducir hacia el Reino Azul?".** Me respondió: "Hace muchos siglos escuché a alguien decir que en esta cueva existe un lugar donde solamente los magos pueden accesar, y parece ser, que cuando llegan a ese punto nunca jamás se les vuelve a ver". Y mientras atentos la escuchábamos hablar, la alquimista se acercó hacia mí y lo que me susurró al oído se alcanzó a escuchar cual si fuese un eco que palpitó con toda fuerza adentro de esa inmensa bóveda cóncava: "¡Nosotros encontraremos el canal, nosotros encontraremos el canal, lo encontraremos".

Al cabo de un rato de penetrar más al fondo de la monumental obra de La Creación y de empezar a visualizar destellos amarillos, otros levemente verdes e intensamente azul marino, entre las proyecciones de luz que cada uno de los cristales emana, logramos detectar que en su interior fluía un transparente y apacible canal de agua clara sobre el que flotaba un cristal circular y plano a manera de plataforma. "Me subiré sobre él", expresé; mientras mis amigos me respondieron: "Iremos contigo Krita"; a excepción de la magmática, quien pronunció: "Antes de que partan, les daré un trozo del más puro cristal de cuarzo, para que cuando necesiten de mi guía lo froten y nos podamos comunicar por medio de él".

Conforme lo examinaba, me parecía tener entre mi manos una verdadera joya: "¡Qué bellas tonalidades posee, parece un cubo de hielo tintado de sutiles matices de rosa y azul! Gracias por este grandioso obsequio que cuidaré mucho y que utilizaré como me lo has indicado si necesitamos de tus sabios consejos amiga magmática", le expresé al sostener ese maravilloso cuarzo tornasol. Y antes de subirnos a flotar, ella nos explicó que la sabia Naturaleza ha elaborado ese cristal con propiedades para protegernos de la vibraciones densas, además de que nos serviría para limpiar y purificar el ambiente en el cual podríamos recorrer.

Al terminar de narrar sobre tan valiosa joya natural, el sauro se dirigió hacia ella: "¿Porqué no irás con nosotros magmática?", y ella le respondió: "Es que podría ser que vengan los cardiólogos y que cuando arriben necesiten de una guía"; mientras el saurito riéndose le contestó: "Ellos sabrán lo que hacer, como muy bien me lo dijiste una vez...", mientras todos reímos al unísono y ella en nuestra misma sintonía reafirmó: "Me quedaré y los esperaré. Además sé que estarás bien protegido sauro". "Bueno magmática, te veremos muy pronto. Cuídate mucho". "Así lo haré y pórtate como lo has hecho hasta este día saurito". Y en medio de sonrisas la perdimos poco a poco de nuestra vista. "¡Ella es fantástica!", exclamó con su canto el gorrión. "Definitivamente que lo es", reafirmé sin vacilación. "¡La quiero tanto!", dijo el pequeño sauro.

Navegar entre la pureza de un líquido diáfano que penetra a la inmensa gruta e ir en una nueva travesía bordeados por paredes y por cielos del más transparente cristal, era una experiencia que hacía vibrar nuestros más hondos sentidos y la que cada uno con su propia voz y en profundo silencio iba disfrutando…**Todo era puro a nuestro alrededor y los sentimientos hacia nuestro planeta eran de la misma tonalidad y vibración. También lo eran la fe y el Amor que habíamos entregado a la misión para recuperar al planeta de la maldad que lo acechan**; cuando a distancia y entremezclado en medio de cuarzos violeta distinguimos a un Ser que flotaba de pié, sobre un cristal rosa que reflejaba matices de su propia Luz.

Conforme nos acercábamos más hacia donde se encontraba, fuimos sintiendo una plena emoción de felicidad, la que gradualmente activó mi prendedor. Y con vibraciones idénticas al color que emanaban los cristales de ese lugar, las que salían desde mi prendedor, nos fuimos adentrando en medio del característico sonido del arpa. "¿Quién será?", nos interrogamos cautivados por su sublime Presencia; cuando al hacerlo y aproximarnos más hacia él, con una dulce sonrisa dibujada entre sus labios repentinamente se esfumó y desapareció...

"¿Será el espíritu de este lugar?", interrogó la alquimista. Mientras el sauro mencionó: "Tal vez ha de ser nuestro guardián". Y a continuación el gorrión entonó: "¿Habrá sido un espejismo?", ante lo que de inmediato respondí: "Definitivamente que no y esto lo puedo asegurar debido a que mi prendedor vibró. Más bien creo que es un maravilloso Ser que nos cuidará y guiará hacia algún lugar". Y no había terminado de decirlo, cuando nos encontramos situados frente a una especie de plataforma de luz nevada, la que lentamente y en forma de espiral, en lugar de navegar, nos hizo elevar el vuelo hacia algún lugar. Era como ascender en una especie de escalera-elevador en forma de caracol, la que conforme gradualmente ascendía, proyectaba la amplia gama de tonalidades que emite un inmenso cristal a través del cual nos era posible visualizar todo su alrededor. Durante esa trayectoria nos fuimos encontrando con un magnificente espacio donde todo a la perfección se desplazaba flotante y respetando a cada astro; era de una pureza incomparable y emitía ondas musicales maravillosas. Vimos cometas y estrellas que dibujaban contornos que nunca aprendí en mi escuela, donde la maestra amiga de mamá, nos hacía viajar más allá…

Después de cierto rato de volar se detuvo unos instantes y se fue abriendo una pequeña puerta a través de la cual accesamos, la que justamente se cerró, para luego desaparecer sin dejar huella alguna de lo que aconteció. "¿Adónde habrá ido?". "¿En qué artefacto viajamos?". "¿Adónde nos encontramos?", eran una serie de interrogantes que nos hacíamos, mientras la sabia alquimista dijo: "Tengo la intuición de que nos han transportado a través de un canal inter-dimensional donde el grandioso universo se puede conectar". Y mientras el sauro bailaba feliz sobre una plataforma que generaba una melodía que alegraba el alma y el gorrión entonaba una voz que a todos nos generaba esperanza… "¡Hemos llegado al castillo que visité hace algún tiempo!", mencioné con gran felicidad, cuando lo vi situado frente a nuestros ojos, y conforme mi prendedor se reactivó, se abrió una compuerta de cristal para conducirnos hacia aquel salón donde se encuentra el cristal de cuarzo que registra lo que acontece en mi planeta.

"**¡De nuevo me encuentro frente a ti, grandioso cristal de Luz, te agradezco de corazón, que me has dejado volver a entrar a tu castillo con mis maravillosos amigos!** En mi primera visita aprendí mucho de ti, me enseñaste con tu compresión y expansión, que cada emoción y cada acción son generadoras de sus propias consecuencias; sin embargo, ahora necesito que nos indiques el camino a seguir… Nuestra misión sin tu apoyo podría perderse en el tiempo como un gran ideal y

213

no concretarse nunca. Te pedimos ayuda, ya que no es posible que conteniendo una creación tan perfecta y rodeado de tanta belleza, el planeta del cual registras cada vibración, se extinga…

En este viaje que hacemos para intentar salvar a la Tierra de las ingratitudes que la inundan, me acompañan mis grandes compañeros, a quienes uno a uno te he de introducir: Ella es una abeja alquimista, quien con su esencia transforma lo que toca…". Y al escuchar su presentación, la abeja muy gentilmente se le acercó para saludarlo. "Maestro del Reino de Cristal, gracias por permitirme entrar a tus dominios" y ante su vibración, la mística piedra cristalina se expandió e irradió una música con la cual el universo se alegró y el sauro bailó, hasta que después de cierto rato se detuvo y habló: "¡Nunca había escuchado una sinfonía tan maravillosa como la que usted acaba de regalarnos para danzar señor cristal! Me da mucho gusto conocerlo y desearía comentarle que soy un sauro que tengo la tarea de cuidar la longevidad de mi especie en la Tierra y al encontrarme con Krita y sus amigos, me he sentido como si fuesen mi familia, sin la cual no desearía existir… **Amo pertenecer a la misión para recuperar la armonía y la paz del planeta y estoy dispuesto a todo por ella"**. Y luego de una pausa, el cristal desplegó una inmensa vibración musical que nos situó en la época de los dinosaurios, en la que el saurito escuchó el sonido amoroso de su madre… y mientras tiernamente oyó su voz, la proyección de ella al lado de su padre, se reflejó sobre una pared nevada, lo que le permitió verlos reflejados y experimentar la felicidad más grande que lo hizo robustecer su fortaleza espiritual. "¡Gracias señor Cristal, por reencontrarme con papá y con mamá. Es el mejor regalo que alguien en la vida me ha podido ofrendar!".

Y después de esa indescifrable experiencia, le presenté al gorrión: "Él es un Ser que representa la dulzura que tanto se necesita en la Tierra…"; fue cuando el lindo pajarito entonó aquel bello mantra, desde su pequeña garganta, generando una rotación de armonía tan plena.

Apenas terminaba de introducirlos, cuando a la par de la compuerta por la cual entramos se dibujó misteriosamente una puerta redonda, la que al terminar de trazarse fue abriéndose paulatinamente. Mientras eso sucedía, frente al bellísimo Cristal de Cuarzo Luz, situado al centro del salón, apareció una plataforma de espejo simulando una mesa circular, la que era rodeada por siete sillas de cristal incrustadas con la más exquisita pedrería…

A través de la puerta dibujada, se lograban distinguir los últimos peldaños de una escalera redonda que parecía formarse de una especie de gas cual si nubes blancas que desplegaba mucha luz. Gradualmente el cristal empezó a girar, la simetría de sus notas fueron haciendo aparecer al final de la escalinata y frente a nuestros ojos, a un Ser maravillosamente ataviado con un manto largo que constantemente tenía un movimiento ondulante. Parecía que alguna ráfaga de aire se encargaba de soplarlo y de mover sus blancos bigotes que caían exactamente al terminar su túnica plateada oscilante. Con un gesto de cortesía nos saludó sin hablar, luego lo hizo hacia el Gran Cristal y se sentó en una de las siete sillas.

A continuación se presentó ante todos una criatura larga y flaca de contextura, la que por rostro poseía una silueta completamente redonda que brillaba e iluminaba lo que a su paso encontraba. Su traje en tonos de oro lanzaba destellos cada vez que caminaba y proyectaba una energía que a todos nos impregnaba. "¡Parece un sol!", balbuceó a mi oído el gorrión y efectivamente su fisonomía me hacía pensar en ese astro central.

Mientras ellos parecían esperar a alguien más y nos manteníamos atentos a lo que sucedía dentro del misterioso salón, gradualmente se precipitó sobre una de las sillas, la silueta de un Ser vestido completamente de blanco, con quien de repente nos encontramos. Su tocado del mismo blanco que su vestimenta, bordeaba un rostro moreno de rasgos humanos perfectos. Mostraba adherida a él y ubicada con exactitud sobre la línea media de su frente, una piedra azul marino, del mismo tono de sus ojos, era impresionante y nos cautivó a los presentes. Su penetrante y transparente mirada nos proyectó Amor y con un gesto cortés nos invitó a tomar asiento en las sillas restantes. Los pequeños voladores se posaron sobre el respaldar de sus sillas y me situé entre ambos. El sauro quien se encontraba a mi izquierda, se colocó al lado del que había bajado a través de la escalera y que reflejaba chispazos dorados de luz. El señor de la piedra azul, se sentó al lado de la alquimista; quien a mi lado estaba y yo me ubicaba a la par del gorrión que estaba situado en el otro extremo y el señor de los vientos se colocó en medio al lado de el señor sol. Antes de iniciar nuestra importante reunión, el sauro solicitó un cojín para poder sobresalir un poco más debido a su estatura y con la velocidad de un rayo un suave colchón de seda se colocó haciéndolo parecer más alto que yo; así que me miró y graciosamente se sonrió…

Cuando los siete presentes nos habíamos colocado alrededor de la mesa de espejo, el bellísimo cristal Luz que pendía de algo que no se podía distinguir, pareciendo volar, se colocó en medio de la mesa de espejo y flotaba como unos cien centímetros arriba de la misma. La plataforma circular o mesa, nos empezó a hablar en sintonía con el bellísimo cristal: "**Represento a cada célula que habita en la Tierra. Cada sentimiento me hace grabar las vibraciones con las que la humanidad se ha desarrollado. Desde sus inicios he guardado sus memorias y con ellas en mi interior, he construido su propia edificación. Observo lo que actualmente acontece sobre su plano y aunque en la historia de la Tierra, ha habido Seres amorosos y de Paz y aún los hay, gradualmente la insensibilidad los aparta del**

camino que ustedes han adoptado para salvar al planeta. Los momentos que se viven actualmente en la Tierra, requieren de una revisión seria y de un proyecto mundial estratégico que no permita a los reptiloides reinar en esa última fase del planeta donde Rhom ha vuelto a comandar".

"¡Que viva Rhom!", espontáneamente replicó con voz alegre el sauro y cuando lo hizo, la silueta del cristal flotante y proyectada dentro de la mesa circular de espejo se magnificó a tal grado, que nos hizo saltar de las sillas debido a que su expansión lo sacó de su propio marco.

En el salón de honor

Sentados en las sillas transparentes del gran salón azul y situados alrededor de la bellísima mesa de cristal de cuarzo, nos dimos cuenta de que en el interior de la mesa cristalina, aparecen tanto rostros, como escenas, que representan movimientos oscilantes de bondad y expansión; como de crudeza y compresión, que ocurren en la Tierra. Unos metros arriba del centro de la mesa que bordeamos donde se registra cada huella, pende el espectacular y gran cristal flotante... A medida que nos referíamos a ciertas experiencias vividas, como a sentimientos y sucesos, se proyectaba la vibración de ellos en la gran mesa como si fuese una película. Conforme esto sucedía, el cristal central solía minimizarse de tamaño representando con un sonido desafinado y con movimientos comprimidos a las guerras e inconsciencia del planeta. Y ejecutaba una sinfonía bellísima cuando ocurrían obras de Paz en la Tierra, generando con tan armónico sonido la expansión del cristal central, como la de nuestros corazones conectados con el corazón del Universo.

En algunos momentos logramos captar algunos rostros grotescos y escenarios sombríos que ocurrían en la Tierra, con los que el cristal se reducía a su mínima expresión… En otros instantes de Luz, el cristal vibraba con una música maravillosa y y se expandía inmensamente generando en los presentes una sensación de armonía planetaria. Cuando se refería a tantos acontecimientos desastrosos surgía un rostro muy triste que dejaba sentir el malestar que le generaba captar ondas tan densas de maldad y, conforme discutíamos puntos necesarios a evaluar, todos acordamos que era urgente equilibrar las vibraciones de la Tierra. Teníamos la firme convicción de que si lo lográbamos los reptiloides perderían la fuerza con la que han cimentado el imperio del mal y volvería a brotar en el planeta la Paz.

En medio de un cúmulo de expresiones de profundo Amor, el Ser que parecía un sol nos aseguró: "Procuraré lanzar frente a ustedes mis rayos de protección, haré murallas que no dejarán traspasar el fuego que calcina lo que toca. Trazaré un círculo que bordeará los pocos lugares donde la mugre que calcina ha querido penetrar y no lo ha podido lograr, para que dentro de él se encuentren a salvo de la toxicidad con la que se ha cubierto una enorme parte del planeta. Esto lo haré porque estoy convencido de su Amor por salvar a la Tierra de la explosión a la cual se dirige". "¡Gracias Maestro de los rayos dorados, será de gran ayuda tu bondadoso ofrecimiento!", dijo la alquimista. Aunque al cabo de unos instantes les manifesté que tenía una duda y el bellísimo Ser Cristal, al escucharme y reflejarse en la plataforma de espejo, se me aproximó y me habló: "¿De qué se trata Krita?".

"Maestros y amigos presentes, han pasado ya tantos años desde que tuve que dejar mi planeta hogar. Desde aquel día no he vuelto a ver a mamá, ni a papá, a los abuelos, a mi familia entera… También desde hace tanto tiempo extraño aquel rebote alegre de las pelotas que solíamos lanzar en medio de aquella arboleda que con la brisa nos solía acariciar. Tengo tantos años, ni se cuantos, de no encontrarme con un niño, salvo con los cuatro que habían sido hipnotizados por los reptiloides y considero que son esos Seres, los que primero debemos encontrar, para que unidos a sus genuinos valores de Paz y de ternura podamos despertar en la Tierra una energía pura y bondadosa, contraria a esa que intenta aniquilar a la humanidad. Creo que sería la mejor manera para balancear la negatividad que acecha; sin embargo, me pregunto si ustedes pueden ayudarnos a encontrar el lugar donde debemos dirigirnos para reunirnos con los niños y las niñas que todavía quedan". Al terminar mi petición, el Ser de la piedra azul con una bella sonrisa de ternura y dulzura se dirigió hacia mí: **"Tu intuición y tus deseos de reconstruir son realmente tus mejores brújulas. Son tan verdaderos, que serán tus maravillosos guías en el camino. Si los escuchas con fe, muy pronto te han de llevar a abrazar lo que tanto anhelas encontrar".** Y mientras observé que el cristal de la mesa dulcemente me sonrió, alcancé a ver en su interior y a cierta distancia la imagen de una joven de rasgos finos y de cabellos rizados recogidos. De inmediato le pregunté: "Señor Cristal, ¿quién es esa joven que vive dentro de usted?", me respondió: "Eres tú Krita, es tu reflejo".

Al cabo de unos instantes de haber escuchado su explicación, me impresioné de verme tan sólo unos pocos años mayor. "¿A qué se debe que, aunque haya pasado una eternidad y el planeta ha cambiado tanto después de aquella bomba letal, yo me mantenga tan joven?". "Es una larga historia Krita, aunque te la intentaré resumir". Y el grandioso cristal me explicó: "¿Recuerdas cuando escuchabas que se avecinaban cosas ingratas alrededor de tu comarca y cuando después de oírlas soñabas con volar como tu amigo el gorrión y emigrar de allí…? Pues todo empezó como un sueño en el cual el Espíritu de la Naturaleza te escuchó y se vistió de un hada, quien te llegó a rescatar antes de que se viviera algo fatal. Ella te resguardó en una aldea mágica en la cual el tiempo lineal nunca entró y donde en su interior ningún acto inhumano sucedió, razón por la cual no has envejecido. Allí has crecido espiritualmente sin tener contacto con las sombras que la mayoría de los habitantes vivieron. **No has recibido las secuelas de bombas y toxinas que han aniquilado a la mitad de la humanidad y que ha alterado dramáticamente el oxígeno que se respira en la Tierra.** Todo cambió Krita, incluso se alteraron las propiedades de los mares, los majestuosos y transparentes ríos, los frondosos bosques, su próspera fauna, su grandiosa flora y la genética humana ha alterado las condiciones de su ADN. Por haber permanecido en un ambiente puro, sigues con las características físicas similares a las de aquella niña, aunque seas muy sabia en tu interior…". "¿Y los demás adónde es que se encuentran señor Cristal? ¿Y papá, mamá…, el zapatero que era mi buen amigo?". "Siempre viven muy dentro de ti", me respondió. "¿Qué quieres decir?", alarmada quise saber y el Gran Cristal me mostró una escena que había grabado en su memoria donde mamá elaboraba un anillo de una aleación de plata con el símbolo de un corazón…

"¡Es este que uso!", felizmente le respondí mostrándoselo y cuando lo hice, logré leer que en mi anillo se escribía con la letra de mamá una frase que decía: "**Siempre estaré a tu lado**", lo que me hizo llorar de felicidad y al cabo de unos instantes, le volví a preguntar: "¿Pero Señor Cristal, desearía saber si los volveré a encontrar…?". "Eso es algo que tú misma lo descubrirás", me respondió, aunque contar con ese anillo de corazón que ella misma elaboró con la magia de su Amor, era como tener a mamá siempre a mi lado.

Mientras el gorrión entonó una pregunta: "¿Cómo podremos hacer para recuperar el reino de las aves y a cada especie que vivía en la Tierra?". El Ser de largos bigotes le explicó: "En el planeta existen algunos portales

sagrados donde de manera latente viven las diferentes
especies que únicamente esperan una señal para despertar
y empezar a poblar de nuevo ese maravilloso planeta que
ustedes desean reconstruir". Entonces el saurito
interrumpió: "Ya sé, ellos están como me encontraba
cuando la alquimista y despetrificadora me revivió…".

Y luego de escucharlo aquel Ser prosiguió: "Podría ser
que algunos esperan el despertar como lo hacías tú Sauro,
otros lo hacen de diferentes maneras… Tardaría muchos
siglos el planeta para lograr recuperarse de la toxicidad
que le acecha, aunque con la capacidad de mis pulmones
podría lanzar una corriente de aire puro que acabaría con
la contaminación que aniquila la vida planetaria. Esto lo
podría hacer cuando las fuerzas del bien se vuelvan a
unificar y cuando hagan palpitar de felicidad al corazón
del planeta". Al terminar de narrarnos lo anterior, el sauro
le preguntó: "¿Quién eres?" y en medio de una ráfaga de
aire que surgió e hizo volar al gorrión desde el respaldar
de la silla donde se posaba, le respondió: "Soy el espíritu
del viento y deseo ayudarles en su maravillosa misión".
Al terminar de hablar exhaló una sutil corriente de aire
que suave y dulcemente ubicó al pequeñín volador sobre
el respaldar de la silla donde se encontraba, quien en
seguida entonó aquel hermoso canto esperanzador y
mientras la alquimista se alegró que el viento no la
despegara del respaldar al cual estaba fuertemente
sostenida, el sauro asustado exclamó: "¡Al fin pasó esa
ráfaga de aire que a todos nos asustó!". Y el señor de los

aires dijo: "De ahora en adelante, cuando me exprese ante ustedes, intentaré modular más mi voz…". Y esta vez solamente se sintió una exquisita brisa, mientras reímos felices y al hacerlo, el Señor Cristal interpretó una melodía bellísima con la cual el bailarín danzó.

Al cabo de un rato de experimentar una pequeña parte de la fuerza del señor de los vientos, se proyectó una escena que hizo que el cristal se redujera a su mínima expresión. Lo que pudimos captar reflejaba furia y las fauces del lagarto que se alcanzaba a mirar, gritaba enardecido: "Si esta vez te has escapado de morir entre nuestras garras, la próxima no lo podrás lograr debido a que la máquina que hemos creado para aniquilarte ya casi esta terminada y más pronto de lo que te puedas imaginar, te tendremos calcinado a ti y a ese tu amigo que representa algo tan ridículo como es el Amor…". Al haber pronunciado lo anterior, su rostro se esfumó, apareciendo posteriormente la proyección de una maravillosa música que expandió el cristal y nos mostró a Sam y a Khuba. "¡Son ellos…!", inmensamente alegres expresamos. "Y están con Dundra, aunque me parecen un tanto cabizbajos", afirmó la alquimista. "Es cierto, ahora mismo se miran extenuados", dijo el sauro y mientras a continuación descubrimos la Presencia del joven del prendedor al lado de ellos y de los cuatro niños, nos preocupamos por sus estados anímicos, aunque verlos a todos unidos nos produjo una inmensa tranquilidad. "¿Adónde se encuentran?", el sauro interrogó al bello cristal y este nos narró que habían llegado a un lugar donde el joven de alma bondadosa nutría de Paz al corazón de la Tierra. Luego quise saber porqué mis dos buenos amigos habían perdido tanta fuerza y se veían tan cansados. El espejo nos hizo ver que los reptiloides habían logrado detectar el lugar donde se encuentra la punta del cuerno de Asallam y que al acercarse al sitio donde yace, la vibración que proyectan le había restado energía a Sam, y cuando KhUBA lo vio tan triste, se había sintonizado con sus sentimientos.

Al escuchar lo que el cristal nos acababa de revelar, clamé por Rhom, quien desde lejos pareció no escucharme. Sin embargo, recordé el cristal de cuarzo y por medio de el llamé a la magmática, a quien le pedí que le dijera a Rhom, que lo necesitaba para que limpiara la periferia de la laguna donde mora el cuerno del abuelo de Sam. A su vez le solicité que no dejara entrar ninguna vibración de maldad en torno a él y le pedí que era necesario mantener el PH de las lágrimas de la hada, las que bordeaban y protegían la punta del grandioso cuerno. Le expliqué que solamente bajo esas propiedades podría subsistir y cuando terminé mi solicitud, el saurito me dijo: "Mi padre comentaba que las lágrimas de las hadas perduran una eternidad y que nadie de malos sentimientos puede alterar su esencia. No te preocupes Krita, que si todavía existe su maravilloso fluido, ellas protegerán el espíritu de Asallam y le ayudarán a Sam". "Ojalá suceda como lo narraban tus ancestros saurito… ¿Y a propósito, será que Rhom escuchó a la magmática?", y de inmediato mi prendedor emanó su tonalidad y la vibración que siempre que la lanza, le acompaña.

El cristal del interior del espejo nos narró lo que percibía: "La magmática ha establecido una comunicación en cadena entre la cordillera de montañas y finalmente Rhom ha recibido al pié de un cerro el mensaje que le has enviado Krita…". "¡Qué felicidad!, exclamó el sauro, mientras daba vueltas sin parar y al verlo vibrar de alegría, el cristal se expandió y escuchamos un sonido que más bien nos pareció el de un vibrante corazón… A continuación, logramos captar sobre el espejo la proyección de Sam y de KhUBA, quienes parecían salir de ese estupor en el cual habían entrado. Cuando Sam despertó totalmente, vimos que agradeció a Dundra y al joven del prendedor, quienes les habían ayudado, mientras KhUBA preguntó: "¿Qué sucedió?". Y los niños les manifestaron su preocupación por que recordaron haber escuchado dentro de la grotesca caverna donde los reptiloides un día les llevaron, que si el unicornio intentaba aproximarse al lugar donde se encuentra soterrada la punta del mágico cuerno de su abuelo, a toda costa intentarían aniquilarlo.

A continuación, la niña les dijo: "Escuché decir al más bravo de todos los reptiles, que si el cuerno se deshace por la falta del fluido de las hadas, la fuerza del nieto de Asallam fenecerá y que si lo logran atrapar, ya no podrá existir la posibilidad de que el unicornio alado logre lo que su abuelo no pudo conseguir". Cuando Sam la escuchó hablar, discernió que su misión era además de ayudarle al planeta a recuperar su Paz, dignificar lo que su abuelo se había propuesto realizar y elevando su báculo con toda dignidad expresó: **"Por la Paz del planeta Tierra y por la noble misión de Asallam"**. Y de inmediato entre una nube blanca desapareció.

"Hoy sí lo hemos perdido para siempre...", gimió el sauro. "¿Por qué lo dices?", le respondí interrogándolo. Me contestó que el unicornio no debería viajar solo y que alguien de nosotros tenía que volver al canal inter-dimensional para servirle de apoyo, pues de lo contrario lo podrían aniquilar. Al escucharlo hablar recordé que la magmática se encontraba en ese plano, por lo que tomé el cuarzo entre mis manos y le pedí: "Por favor no dejes solo a Sam y dile a Rhom, que lo acompañé en su misión, que no sabemos hacia donde se dirige y que los reptiloides lo quieren asesinar...". Cuando la magmática nos escuchó por medio del Señor Cristal, nos aseveró que se aproximaría a Sam. Inmediatamente mi broche relumbró con su sonido habitual y el Gran Cristal reapareció dentro del espejo y pronunció: **"Sam no está solo. El gran espíritu de Asallam lo guía, pues en su nombre ha emprendido su maravilloso propósito. Su Amor por el planeta ha de atraer a Seres de noble espíritu. Ya Rhom navega a su lado y Sam alegremente se siente acompañado y si la ven, aquella**

es la magmática y los encontrará a su paso". Al escuchar y observar cada escenario narrado, mi espíritu se fortaleció aún más y reafirmé: **"Les agradezco por recibirnos en sus dominios Maestros de la Luz de este castillo tan mágico. Por ofrecernos su asistencia en estos momentos en los que la Tierra ha de dar un giro existencial. Ahora retomo mi misión para encontrarme con la gruta que me ha de conectar con la Caja de Cristal de Seis Caras, donde se encuentra el grandioso corazón de la humanidad".**

Al escuchar mi determinación la alquimista se despidió del grandioso cristal, al igual que lo hicimos todos. Ya para retirarnos del magnificente salón, logré ver que dentro del espejo se proyectaba aquella inmensa esfera plagada de mugre, la que encontramos en aquel redondel… "¡Está casi totalmente cubierta y se ha hundido aún más!", impresionada expresé. Y al constatar su estado, la alquimista dirigiéndose hacia mí, me dijo: "Los acompañaré un rato Krita, pero más adelante me dirigiré hacia ella y trataré de evitar que se hunda".

Cuando la reunión terminó y apenas empezábamos a caminar, una pequeña hendidura se abrió. Pero antes de que ingresáramos en ella, el Ser de la túnica blanca me entregó una bolsa minúscula que al recibir me hizo vibrar y al hacerlo pronunció: "Para que cuando creas conveniente la abras y la utilices con la finalidad con la que está precipitada". "Gracias, bello Maestro", y nos adentramos en aquel orificio. "Es por aquí", señalé. "¿Cómo lo sabes?", me interrogaron. "Lo sabe mi intuición", les contesté y el prendedor alumbró con su Luz e irradió una sinfonía con la que empezamos paulatinamente a descender.

El lugar donde nos adentrábamos brillaba esplendorosamente, lo hacía con una intensidad que por momentos nos obligaba a cerrar los ojos. "¡Es demasiado luminoso!", el sauro exclamó y a medida que nos distanciábamos del Castillo de Cristal y que penetrábamos más hacia el fondo, se nos dificultaba poder visualizar a nuestro alrededor. Ante esa situación la abeja dijo: "Si la luz aumenta su frecuencia nos será imposible seguir hacia adelante. Crearé unos artefactos de miel que debemos de colocarnos en los ojos, para que atenúe el efecto de los rayos tan penetrantes que emite". Y efectivamente así fue. **"¡Qué graciosa te ves Krita!", expresó ya saben quién y volvimos a sintonizarnos con un nuevo episodio donde la risa provocó un latido intenso de un corazón.**

"¿Lo escucharon?", entonó el gorrión y el sonido estridente de un ave nos respondió cual si un fuerte eco. "¿Quién será?" nos interrogamos, mientras el gorrión trató de interpretar sus notas, aunque le fue imposible lograrlo y nos dijo: "Parece ser de mi familia, aunque la melodía que utiliza nunca en mi vida la había escuchado. Me pareció que por el sonido que emitió no parece ser tan amigable y por la gravedad de su voz, quizás se trate de un ave de dimensiones mayores que yo…". Lo que no era difícil de superar, debido a que el gorrión físicamente es un Ser pequeñito. "¡Qué fantástica la idea de crear estos protectores de tu miel para nuestra vista, alquimista!", muy agradecido, le dijo el sauro. Y es que sin los lentes de miel que ella había elaborado para cubrir nuestros ojos, no hubiéramos podido seguir nuestro paso hacia adelante. A medida que avanzábamos el reflejo de la Luz nos cegaba a tal grado que un rato optamos por andar a ciegas. "¡Cerremos nuestros ojos!", exclamó con voz de mando la alquimista y al escucharla empezamos a caminar sin ver.

"Agudicemos nuestros sentidos", dije y a continuación el saltarín pronunció: "Hagámoslo tal cual lo hacen nuestros amigos peces que carecen de su vista. Si ellos han podido adaptarse, nosotros lo sabremos hacer". Y después de andar sin ver con nuestros ojos físicos, el gorrión exclamó: "Siento que nos aproximamos hacia algo que palpita, abran su corazón y escuchen su ritmo…". "No le escucho arritmia alguna", dije yo y la abeja reafirmó: "Tampoco yo"; cuando de repente el sauro dijo: "Siento que el camino se ha vuelo como si estuviera andando sobre plumas, es tan suave y delicado…". Cuando de pronto el gorrión con tono impresionado exclamó: "¡Es inmensa!". "¿A qué te refieres?", le interrogué y al no escuchar su contestación, abrí mis ojos y me encontré con que empezaban a trepar sobre el cuerpo emplumado de algo o de alguien de enorme tamaño y mientras tomé entre mis brazos al pequeñín emplumado que se paralizó, les pedí que lentamente se apartaran de allí. Con cierta dificultad para ver, caminamos para escondernos atrás de una especie de pared que nos permitiría no ser vistos por aquel monstruo emplumado de color rojizo.

"¡No hagan ruido! Deslícense con sumo cuidado… Parece dormir y si al despertar nos encuentra cerca de él, podría ser que de un solo bocado nos devore a los cuatro", les dije en tono suave, mientras mis amigos hicieron lo que les sugerí. Rápidamente nos encubrimos y todo el tiempo estuvimos velando su sueño desde lejos hasta cuando empezó a despertar súbitamente. Cuando abrió sus inmensos ojos de par en par, lanzó un graznido que a todos nos asustó… "¡Es inmenso!", espontáneamente exclamó el gorrión. "¿Quién habló?", con voz grave y extrañada preguntó el ave de plumas de fuego, mientras todos enmudecimos de la impresión. Del susto se congeló el gorrión y al verlo en tales condiciones, lo abracé; mientras aquel personaje emplumado se aproximó para ver de dónde provino aquel sonido que el gorrión entonó. Al ver que se cansó de buscar y que desapareció por completo de nuestra vista, empezamos lentamente y con cautela a andar, cuando al poco rato de hacerlo, el sauro temblando de nervios nos previno: "Allá está y viene hacia nosotros". A medida que se nos aproximaba más y más, mi prendedor empezó a emitir una vibración violeta y su sonido angelical. Cuando esto sucedió, aquella ave que parecía dirigirse enardecida hacia donde nos encontrábamos, se empezó a notar un poco más tranquila y al estar frente a nosotros, milagrosamente muy amigablemente se nos acercó: "¿De quién se escondían ustedes si son Seres de alma buena? ¿A qué han venido?". Cuando terminó su cuestionamiento y antes de que respondiéramos a sus interrogantes, el sauro se le aproximó y con sus alas se elevó para verla más de cerca. Al lograrlo, le preguntó: "Eres aquella ave legendaria que se dice, se incinera cada milenio sobre una hoguera para renacer gloriosa de sus cenizas". Su respuesta fue un "sí lo soy". Cuando le contestó, aproveché para aclararle su pregunta: "Señora ave, nos escondíamos de usted pues pensábamos que nos podría comer y andamos tras la caja de cristal de cuarzo de seis caras. **Deseamos encontrarla para suavizar las penas del corazón de la Tierra. Debemos reactivar su alegría perdida y los reptiloides perderán su fuerza".**

Y viéndome directamente hacia los ojos, me respondió: "Justamente han acudido en el momento preciso. Resulta que queda poco tiempo antes de que me ausente por unos breves días, así que les encomiendo la tarea para que cuiden al grandioso corazón que se nutre con la hermandad. No voy a acompañarles a encontrar el corazón que acabo de dejar, pero les explicaré como llegar hacia donde se encuentra esa bomba palpitante que he cuidado por casi mil años. Antes que nada, debo decirles que en el último siglo de vida, el trato que le han dado los terrícolas ha sido ingrato. Fuera de algunos nobles episodios que esporádicamente han surgido y que le han proporcionado aliento al corazón de la Tierra, se han pronunciado guerras atroces y los delirios de poder han desequilibrado lo que podría ser un paraíso… También, en estos últimos años ha habido un degenere de valores, han inventado armas biológicas para exterminar sin piedad y los secuestros, excesos y violaciones han desangrado tanto el palpitar de este noble corazón que pese a tanto maltrato todavía late, aunque con muchísima dificultad… Sigan la Luz y no declinen. Ella los llevará a una antesala donde brilla una esfera. Al situarse frente a ella, su intuición los ha de guiar. "¿Cuándo te volveremos a encontrar?", le preguntó el sauro. "Cuando tenga que ser", le respondió aquella bella ave retirándose del lugar, mientras continuamos nuestra marcha hacia una luz que incomodaba menos nuestra visión.

El túnel luminoso por el cual nos desplazábamos gozaba de mucho resplandor, aunque su luz ya no interfería con nuestra visión. En un momento que nos detuvimos el sauro preguntó: "Señora despetrificadora, cree usted que podremos retirarnos sus grandiosos artefactos de miel ahora que la luz no parece interferir con nuestra visión…". Y al no recibir su respuesta, nos dimos cuenta de que la alquimista no iba a nuestro lado. Al buscarla en todas las direcciones habidas y por haber, pero sin retroceder, nos aseguramos de que ya no nos acompañaba y ante su evidente ausencia, el sauro gritó: "Alquimista…

alquimista… despetrificadora…" y al no recibir ninguna señal, se detuvo a llorar.

Al verlo tan desconsolado, el gorrión se le aproximó y con su pequeña ala le secó sus lágrimas de dolor. Cuando esto sucedió, se sintió una pulsación. "¡Es aquí!", entonó el gorrión, identificando el sitio de dónde provenía el latido. Al escucharlo, el sauro colocó su oreja izquierda sobre el piso y mencionó: "Es el ritmo de un corazón…". Ante su aseveración me acerqué hacia el punto donde lo habían detectado y al hacerlo, coloqué mi oído derecho como papá me lo enseñó a hacer y en profundo silencio empecé a registrar el palpitar de nuestro planeta, el que a veces parecía oscilar... "Estamos cerca de él y su ritmo es fluctuante, me parece que tiene bradiarritmia", afirmé. Inmediatamente el gorrión entonó: "¿Qué es eso de bradiarritmia Krita?". "Es que papá decía que cuando el latir es lento y regresa a lo normal, pudiera denominarse tal cual".

Y el sauro preguntó: "¿Será que debemos cavar un orificio para llegar hacia él?". La verdad es que parecía latir bajo el suelo sobre el cual nos desplazábamos y decidimos seguir hasta encontrar alguna clave que nos indicara como lograrlo. Pues efectivamente cavar un hoyo en su dirección lo podría maltratar, así que mientras andábamos y en cada palpitación subíamos y bajábamos como montañas rusas, con especial primor para no ejercer ruido, ni presión sobre su ritmo, apareció frente a nuestros ojos un pequeño puente que parecía de oro, del que se desprendía un rayo de luz que iluminaba el trayecto que habíamos caminado.

"¡Los he estado esperando!", verbalizó su voz ancestral y al escucharlo hablar muy solemnemente le saludé: "Soy Krita, una niña terrícola y te pido autorización para pasar sobre ti. **Sé que nos puedes conducir al lugar donde se encuentra el noble corazón de la humanidad. Hemos viajado desde siempre para ayudarle a recuperar su Alegría".** Luego el gorrión entonó: "Señor puente, yo represento al reino de las aves y acompaño a Krita en su misión". Mientras que el saurito le saludó: "Es lindo conocerlo en persona. Había oído hablar de su sabiduría y siempre soñaba con ser transportado por usted. Por favor, llévenos hacia donde nos encontraremos con el sentir del planeta". Cuando terminamos de introducirnos, sobre el puente apareció intempestivamente aquel Ser a quien teníamos tanto tiempo de no ver... "¡Es el Destino!", entonó con un canto alegre el gorrión; mientras que el sauro corriendo hacia él exclamó: "¡Es idéntico al Ser con quien un día soñé!".

Al verlo detenido sobre el otro extremo y sin esperar un segundo más, corrí a abrazarlo y crucé corriendo el puente con mis dos amigos a la par; aunque al cruzar, notamos que una marejada se produjo para intentar frenar a un viejo reptil que nos seguía por detrás... "¿Por dónde se introdujo y quién lanzó esa correntada de agua?", pregunté y el puente nos previno: "Ten cuidado Krita, que, aunque Rhom te cuida, las fuerzas del mal se han unido para no permitirles triunfar. Si no hubieras corrido, quizás te hubiera logrado atrapar". Al terminar la experiencia recién acabada de vivir, le pregunté: "¿Adónde fue el Destino, señor puente?". "No lo sé", me respondió. Y me quedé pensando en que su Presencia me impulsó a correr y a salvarnos de las garras de aquel malvado a quien no habíamos detectado.

El puente dorado se desprendió del lado opuesto del que llegamos al cruzarlo y esto supongo que lo hizo para no permitir que algún otro reptil apareciera y saltara sobre él. Después de que nos transportara sobre él, empezamos a andar, no sin antes agradecerle su solidaridad y gran ayuda. "Es el más bello puente que he visto Krita. Su brillo refleja pureza y sus cimientos poseen tanta sabiduría. Él nos conecta con planos donde nos hubiera sido imposible poder llegar. Ha sido relevante su ayuda para acercarnos a ese lugar sagrado donde nos dirigimos hoy", dijo el sauro.

Por un mundo mejor

"Antes de poder accesar a ese sitio que encierra el latido de la vida terrenal, debemos sentarnos para reflexionar sobre lo que involucra presentarnos ante el corazón del planeta. Se vuelve fundamental sintonizarnos con sus latidos, para poder escuchar su sonido y nutrirle de la energía que necesita…", le expresé a mis dos amigos voladores. Seguidamente el sauro nos preguntó: "¿Les gustaría detenerse a hacerlo abajo de la sombra de aquel árbol?", mientras que el gorrión entonó: "Ha de ser muy agradable estar debajo de su lindo follaje, aunque creo que es mejor situarnos en aquella pequeña parcela de tierra rodeada por Rhom". Y al escuchar su propuesta, nos pareció mejor, en vista de que bordeados por su manto de agua cristalina ninguna criatura que nos quisiera tender alguna trampa, lo podría lograr…

Sobre volé aquella linda laguna sostenida por las alas de mis amigos y al arribar en la pequeña isla, nos colocamos bajo el abundante follaje que movió sutilmente sus ramas para arrullarnos. "¡Qué lindo lugar!", entonó el gorrión. Y es que realmente era una isla espléndida de todos los verdes que la naturaleza nos podía ofrecer, además de mantener una brisa constante tan agradable. "¿Será el respiro de nuestro amigo el señor de los aires?", pregunté, mientras la brisa soplaba de forma exquisita y ante mis dudas, el sauro reafirmó: "¡Es él!". "¿Cómo lo sabes?", le preguntó el gorrión y su defensor exclamó: "¡Es inconfundible!". Cuando de pronto un susurro entre el viento nos hizo escuchar aquella conocida voz: "Soy yo". Al oír al señor de los aires hablar, el sauro bailó y el viento lo elevó enredándolo entre él, lo que a todos nos agradó ver. Al cabo de unos instantes, el saurito flotando bajó y empezamos nuestra conversación.

Como un preámbulo, el mantra esperanzador antecedió el diálogo que iniciamos. Tomó la palabra el gorrión y afirmó: "He viajado por los aires y contar con la fuerza del viento es tener al lado de nosotros a un supremo elemental. Si al unirnos por el bien de la Tierra, se empieza a fusionar con nuestra misión, su poder nos ayudaría a limpiar la toxicidad y en un dos por tres la podría extraer". Cuando terminó de dar su valioso aporte, escuchamos que desde el interior de la cueva situada en el centro del islote donde nos encontrábamos bordeados por el transparente Rhom, emanó una melodía que había escuchado antes... La familiaridad de aquellas notas musicales cautivaron mi atención y mientras me aproximaba más, el sauro se me adelantó con el ánimo de cuidarme. "Gracias saurito, pero no debes preocuparte. Si lo observas, cada vez que me acerco más a la cueva mi broche emana su luz y, si la escuchas, ha empezado a tocar el arpa que es la antesala de un buen presagio".

Cuando miró la luz violeta se alegró tanto y dando sus características vueltas danzarinas impregnadas de alegría, me acompañó hasta la entrada de la pequeña cueva, donde al llegar elevé el tono de mi voz para indagar sobre el compositor de tan bella sinfonía. "¿Quién ejecuta tan bella música?" y al decir lo anterior, un sonido grave y estridente nos respondió haciéndonos retroceder un par de pasos. Posteriormente hubo un silencio total, durante el cual surgieron algunas interrogantes y reflexiones: "¿Quién será?". "Tiene fuerza en sus pulmones". "Quizás no quiera conocernos". Y mientras emitíamos diferentes opiniones, el sauro se acercó a la entrada de la cueva, agitó fuertemente sus alas y el eco que surgió en el interior de la caverna, lanzó velozmente desde adentro a dos seres hasta donde nos encontrábamos. El uno era aquel niño vestido de túnica naranja y su acompañante era el mismo elefante ataviado con pedrería de color, el que parecía estar muy asustado. Al verlos me alegré de saber que están en la misma condición de hace muchísimos años, pese a lo que ha sucedido en mi planeta.

"¡De nuevo has venido a asustarnos!", exclamó el niño con tono de reclamo acercándose hacia mí. Ante su exclamación, le expresé: "¿Quién eres? Y quiero que sepas que no es mi deseo asustarte y hacerte sentir mal". Y mientras parecía buscar a alguien más a nuestro alrededor, me preguntó: "¿Y la morsa a dónde está?". Al escuchar su pregunta reí, la verdad es que no paré de

241

hacerlo, mientras el sauro con mi alegría bailó. Me fue difícil detener la risa al recordar aquel gesto de Dundra cuando lo llamaron morsa y la escena en la cual los asustó… Al fin me contuve y le respondí: "No es lo que imaginas, aquella a la que llamas morsa, es una linda perra y pronto regresará…". A continuación, le comenté que era la más leal amiga de mi vida. Además, le dije quién era yo y lo que nos había conducido hacia esa pequeña isla en la cual habíamos buscado la protección de Rhom. Luego el sauro se introdujo con ellos dos y el elefante le narró que en esa isla nadie nos podía dañar porque allí estaba resguardada la punta del cuerno que un Ser de noble espíritu usó para hacer el bien a la humanidad… También dijo que, debido a la vibración de Amor, ninguna criatura oscura podría resistir la intensidad de la luz que proyectaba el lugar donde lo resguardaban. Cuando escuché lo anterior me di cuenta que llegué antes de que Sam arribara y que desde el Sur era un poco más distante que desde el Norte.

"¿Y si lo atrapan los reptiloides?", preguntó el gorrión. "No lo harán", dijo el simpático volador. Y aunque no estaba segura que lo que el gorrión pensó era un imposible, preferí indagar un poco más sobre el dúo que por segunda vez me había encontrado en el camino. "¿Quién eres?", mirando al niño del sitar lo volví a interrogar. "Soy alguien que represento a la niñez y con este instrumento que porto los he de adormitar". Asustado ante su contestación, preguntó el gorrión: "¿A nosotros?".

Y el par de músicos rápidamente dijeron: "¡Nooo! En nuestra aldea, con la música que brota del sitar hay quienes hipnotizan a las serpientes y como los reptiloides son de su familia, podrían caer en un estado de narcolepsia, donde al hipnotizarlos les haríamos despertar en otra sintonía". "¡Genial!", cantó el gorrión. Lo que me pareció maravilloso y el saurito dijo: "Ojalá y lo pudieras lograr, aunque sería mejor que bajo su estado consciente, optaran por el bien". Al escucharlos estuve de acuerdo con el saltarín danzarín y me quedé pensando en que me gustaría adentrarme a la gruta de donde habían salido el niño y el pequeño elefante. La idea de rescatar el cuerno de Asallam para entregárselo a Sam, me cautivó a tal grado, que no pude evitar preguntar: "¿Cómo se llega al lugar donde se encuentra ese grandioso cuerno…?".

"Debes descender siete gradas, las que misteriosamente te conducen a siete estancias donde deberás pasar ciertas pruebas. Por lo que me sucedió, creo que dependiendo de lo que respondas te evalúan y te permiten acercarte más al lugar donde se encuentra o te envían a la entrada de la cueva", el niño del sitar nos explicó. Al escucharlo narrar lo anterior, le interrogué: "¿Has visto la punta del grandioso cuerno?", me respondió que había intentado, pero que lo habían regresado del escalón tres, al que había logrado accesar muchas veces. Al escucharlo narrar su experiencia anterior, convencida exclamé: "¡lo lograré!". Y al sentirme tan decidida mis amigos opinaron: "Será mejor continuar con nuestro viaje hacia el corazón del planeta. Recuerda

Krita, que esa es nuestra misión". Rápidamente les respondí: "Tienen razón, aunque recuérdense que el cuerno se encuentra justamente en el camino hacia el corazón y si logro llegar hasta donde yace, estaré a pocos pasos de abrazar a esa válvula que necesita tanto de nuestro Amor. Creo que no descansaré y empezaré a descender". Mis amigos dijeron: "Iremos contigo Krita, no te dejaremos adentrarte sin nosotros". Sin embargo esta vez les pedí que me dejaran explorar el camino a solas. Les dije que les iba a agradecer si estaban pendientes de Sam y les pedí que no perdieran de vista que KhUBA viaja solo. Luego les recordé que su aguda visión desde las alturas nos podía ayudar a detectar alguna trampa para ellos. Les dije que era vital la contribución que desde esa posición podían darle a la misión por un mundo mejor. También me referí a la alquimista y a mi fiel amiga Dundra, al lado de los niños y del joven de alma buena, para que estuvieran alertas. Y aunque no muy convencidos de dejarme viajar sola, respetaron mi decisión. El saurito exclamó antes de verme partir hacia el interior de la pequeña cueva: "Krita, te daré la estrella que tu amigo me obsequió. Pueda ser que al descender te sirva para iluminar alguna parte del recorrido que harás". Al recibirla con especial Amor y Gratitud, sentí entre mi tacto una sensación grata de calor y mi pulso se aceleró, haciéndome experimentar esa sensación de que viajaba acompañada por alguien muy especial.

Antes de iniciar mi descenso y ya estando al pie del primer escalón, el niño del sitar se me aproximó y me dijo que tenía que entregarme una reliquia: "Esta tiara de diamantes, de esmeraldas y cuajada de piedras preciosas, me la entregó una linda anciana que viajaba en un carruaje y hace muchos años me pidió que se la diera a una niña que portara entre sus dedos un anillo de corazón. Como veo que tú lo tienes colocado en tu mano derecha, te la entrego y coloco en su nombre y te deseo mucha suerte en tu misión". Al entregármela se adhirió mágicamente a mi prendedor y con la estrella y el anillo de corazón, bajé la primera grada de una escalinata en forma de espiral. Inmediatamente lo hice, perdí contacto con el mundo exterior y me empecé a adentrar…

Este primer nivel tenía ciertos destellos de luz, aunque habían ciertas sombras que aparecían. El inmenso corredor por el cual me desplazaba parecía no tener fin y su apariencia me recordaba el interior de la magmática. El subsuelo rocoso tenía cierta similitud con el que encontré, cuando aquellas partículas de luz parecían fluir por todos lados, para fusionarse finalmente con aquella masa gris... Cuando había caminado largo trecho dentro de un contexto uniforme desde el inicio, el que no parecía variar, repentinamente surgió una hermosa luz, la que se dirigió hacia mí y, con voz mística pronunció: "¿A qué has venido y que buscas en mis dominios?". Con mi vista fija hacia la poderosa luz, le respondí: **"He venido hasta aquí para ayudarle al corazón de la Tierra, el que de tanto sufrir parece sucumbir. Y busco que me permitas accesar al lugar donde yace la punta del**

cuerno de Asallam, el que deseo recuperar para entregar a Sam, quien es su nieto y lo merece tener". Inmediatamente terminé de hablar, la luz se hizo mayor y se colocó cual si fuese un reflector sobre mí y al cabo de unos segundos, me encontré misteriosamente colocada frente a otra grada.

Antes de bajar al nivel dos y sin dar ningún paso en falso, observé a mi alrededor que lo único que cambiaba del escenario anterior, era que, en el fondo de las paredes grisáceas del enorme corredor, había dos enormes pinturas a ambos lados. Conforme adelanté en el recorrido noté que la que estaba situada al lado derecho tenía dibujado a un adulto mayor, quien por su gesto parecía sufrir algún dolor. Y en paralelo a él, en el lado izquierdo, la otra pintura mostraba un bellísimo jarrón, del que empezaron a salir monedas de oro para caer exactamente sobre mis pies. El rostro de ese Ser me produjo el deseo de ayudarle y a medida que me adentraba en su mirada, noté que de sus ojos salía una lágrima. "¿Por qué lloras? ¿Con qué puedo ayudarte...?", le pregunté mientras acaricié con mi mano su hombro.

Inesperadamente él habló: "Nunca nadie se había interesado por mi sufrir y es la primera vez que alguien que está frente a mí, pasa desapercibido el caudal de oro que puede hacerlo inmensamente rico. **Mis lágrimas son de profundo agradecimiento por haberme hecho recordar que algunos humanos todavía poseen una**

enorme sensibilidad ante el dolor y que no es cierto que lo único que les interesa es el dinero. Gracias por imprimir en mi interior esa sensación de solidaridad. Con ella dentro de mi, nunca me volveré a sentir solo, sin protección y no querido".

Al terminar de hablar volvió al lienzo donde lo encontré, sólo que esta vez reflejaba en su rostro una alegría que me hizo sentir inmensamente feliz. Al cabo de unos segundos apareció el tercer escalón, al que rápidamente ascendí. Al estar colocada sobre el mismo, se desprendió a una excesiva velocidad y así viajé sostenida sobre la tercera grada. Finalmente se detuvo en un espacio totalmente oscuro, donde saqué la estrella de luz que me permitió ver. Estaba situada dentro de la cueva donde hervían mil escupideras de fuego y alcancé a percibir que la ardilla, — mi amiga, a quien tenía una vida de no ver, parecía morir —. Su abandono era tal que ni tan siquiera se percató de mí. Estaba como desconectada de lo que acontecía alrededor de ella y al verla sentí unos deseos intensos de salvarla. La grada sobre la que me encontraba, me habló: "Tienes dos posibilidades Krita. Puedes quedarte en esta grotezca caverna donde te pueden capturar los reptiloides y es más probable que por su condición, no puedas salvar a la ardilla, pues pronto ha de morir… Si la miras bien, ya casi no respira. Y mientras la grada iba a hablar sobre la otra alternativa, rápidamente recordé que tenía un poco de la miel de la alquimista en aquella cajita que siempre iba conmigo. Bajé del escalón que me transportó hacia ese lugar oscuro y, sin escuchar más sobre la otra posibilidad, me deslicé cuidadosamente hasta donde yacía. No encontré a nadie custodiándola, tal parecía que la habían abandonado, por lo que me fue fácil accesar hasta ella.

Al estar a su lado, llamé al grandioso espíritu de fe que me acompaña y la ungí de miel en sus patitas rotas, también le puse del bálsamo sobre su corazón. Le coloqué una gota sobre sus labios escamados de tanta resequedad y a los pocos segundos escuché su palpitar volver a la normalidad y al compás de su ritmo, se oyó otro palpitar muy fuerte dentro de la cueva, la que pareció tragarnos a las dos, llevándonos hacia el escalón cuatro, el que esta vez parecía ser de mármol. Antes de subir nos abrazamos y tomadas de su patita y de mi mano, nos situamos en la grada cuarta, la que al patear nos situó en un lugar donde bajo las rejas estaban prisioneros algunos de los reptiloides. Eran una media docena de ellos y conforme andábamos frente a cada una de las jaulas, se proyectaba a nuestro paso las barbaries que cada uno había cometido.

Cuando me acerqué para observar a uno que lanzaba desde sus fauces del líquido viscoso, mi prendedor lanzó un rayo que nos bordeó a manera de protección. "¡Es la primera vez que me sucede!", exclamé. Y la ardilla graciosamente sonrió haciéndome ver que tenía una protección que no permitiría que se me acercara ninguna de esas criaturas horrorosas. Al pasar enfrente del que parecía ser el más violento de los seis, la ardilla pareció percibir una escena profundamente desgarradora y me previno: "Es mejor que no te aproximes más para captar lo que hizo hace algunos años. Se trata de tu antigua comarca Krita. Te narraré una parte de lo que se registra. Por favor cierra tus ojos y escucha lo que se proyecta en su interior". Y con gran pesar comprendí que debía de escuchar aquella vivencia tan atroz, tal cual mi amiga me lo pidió. Cerré mis ojos y a continuación ella empezó: "Rompió el arco de flores antes de entrar a tu aldea…". Y cuando lo dijo, quise saber: "¿Y los pajaritos a quienes cada día les daba de su alpiste?". "Desaparecieron", me respondió. Al escucharla hablar me sentí muy triste. Y luego continuó: "Abrió la puerta de tu casa y al lado de sus malvados compañeros deshizo una a una cada estancia". Al oírla narrar el episodio anterior, abrí mis ojos y pude ver que mi alcoba quedó destruída. Observé algunos pedazos del tren con el que solía jugar… También vi la rajadura de la ventana de cristal que daba a mi jardín y al buscar el rosal de mamá y preguntar por él, la proyección de su interior nos dejó ver una escena con la cual cerré mis ojos y lancé un grito de dolor desgarrador… Alcancé a ver como deshacían aquellas plantitas en las que finqué mis esperanzas de volver a estar con papá y con mamá. Y al hacerlo, el sonido de un gigante corazón se escuchó gravemente aturdido y luego su ritmo se hizo leve, triste, sombrío. La tristeza que sentía hacía morir al corazón de la Tierra, quien parecía registrar ese sentimiento que albergaba mi corazón.

Cuando estaba con ese sufrimiento en mi interior, la misma grada me planteó: "Tienes dos posibilidades Krita. Exterminarlos con la espada que cuelga en aquella pared, la que se activará con tu tacto y al hacerlo, con sus amplios poderes, los exterminarás en un dos por tres"."¡Claro que no lo haré!", respondí. "**No es eso lo que quiero hacer. He venido a sanar el corazón del planeta y no a acribillarlo de escenas tan duras de venganza. En su interior ya tiene muchas y deseo verlo recuperado y saludablemente palpitando**". Al pronunciar lo anterior, se escuchó un estruendo tremendo y un palpitar mayor, el que parecía tener un ritmo pleno y saludable. "¿Lo escuchas?', me preguntó la ardilla. "¡Sí!", felizmente le afirmé. Al hacerlo apareció mi gran amigo el Destino. Al verlo lo abracé y él hizo lo mismo.

"¡Cuánto tiempo de no estar a tu lado!", le dije. Él me respondió: "Yo nunca he dejado de seguir tus pasos. He visto tu firme convicción por ayudarle a este planeta que te vio nacer. Te he hablado en algunos sueños, pero quizás no los recuerdes y ante esta decisión tan profunda que acabas de hacer, me fue imposible no presentarme ante ti". "¿A cuál de todas te refieres Destino?". **"Dejar la venganza y mantenerte en tu misión pese a lo dolorosa de aquella escena que se proyectó, es algo muy noble que ha aliviado tremendamente al corazón. Con esa sabia decisión le has inyectado vitalidad, esperanza, felicidad. La verdad Krita, es que ls terrícolas se han movido mucho por ese sentimiento de**

rencor, de odio, de ingratitud y haber escuchado tu opción, sin ninguna vacilación, ha cambiado mis códigos escritos por las tendencias inhumanas y ha expandido ampliamente al Gran Cristal".

"¿A qué te refieres Destino?". "Como la humanidad ha sostenido guerras y actos malévolos de venganzas, se esperaba que al exponerte ante tal dolor, como eres de su raza, cayeras en la tentación de tomar entre tus manos esa espada que al desenvainar tiene el poder para vengar la maldad. Al ver que ni siquiera lo has considerado, que no la has tomado en tus manos y que has afirmado que no has venido a eso, me has hecho reescribir lo que iba a ocurrir". "¿Y qué esperaban que sucediera?". "Bueno Krita, el hundimiento de la Tierra". "¿Pero por qué yo lo iba a definir?". "Porque representas a los niños y las niñas, a la gente noble que se ha extinguido casi en su totalidad". "Dime Destino amigo, ¿fue una trampa hecha para que cayera?". "No, es la rueda del destino la que te ha enfrentado a las reglas del universo regidas por la causa y el efecto… Es una prueba que escogiste tener al descender tras la cueva donde quizás te encontrarás con aquello que tanto anhelas". "¿Dices que quizás?". "Sí, Krita. Y ahora debo retirarme para escribir en el libro del planeta Tierra, que hubo una niña que con un acto noble revirtió la muerte de su planeta… Hasta pronto querida Krita". "Hasta la vista Destino amigo y gracias por ayudarme a cruzar el puente".

El Último Castillo Azul

"*H*as llegado al escalón cinco", pronunció una empinada grada que debía tomar y mientras ascendía me encontré con un Ser minúsculo alado vestido de azul, quien cuando iba bajando de la inclinada me sonrió y me dijo: "He de llevar afuera a la ardilla, pues aquí solamente podrás ir tú. Los escalones anteriores pertenecen a tus logros y los has vencido con las cualidades que ha de poseer la nueva humanidad. No te preocupes, la ardilla estará bien".
"Lo sé", le respondí, aunque continué: "pero antes dime tu nombre y lo que eres. Creo que te vi en algún lugar donde quise entrar". "Efectivamente soy una parte de un todo e incluso una parte de ti". "¿Cómo así?". "Cada ser de Luz es producto de la bondad de un todo y tú con tus decisiones me has hecho posible subsistir. Con tus cualidades orientadas hacia el bien, acercas a los Seres como yo". Y al responderme, ellos viajaron regresivamente hacia la grada anterior, hasta que los dejé de percibir y logré ver hasta cuando mi amiga la ardilla muy contenta saltó. En el corredor en el cual me desplazaba prevalecía lo blanco y a medida que me adentraba más, me encontraba con la posibilidad de que nadie habitaba en ese lugar... Mientras andaba, hablaba conmigo misma y reafirmaba con mucha intensidad mis deseos de ayudarle a mi planeta.
Al andar un poco más, percibí que a distancia había

una enorme escultura y poco a poco me le aproximé. Al hacerlo me encontré con la alquimista, quien parecía limpiar la última gota de aquella mugre pegajosa que empantanó al planeta Tierra durante tanto tiempo. "¡Que alegría volver a encontrarte amiga de mi vida!", exclamé, y cuando me vio, sonrió y señalando la gran esfera me dijo que iba a continuar limpiándola debido a que el tiempo se imponía. Así que mientras prosiguió su noble trabajo de limpiar la circunferencia que representa al planeta en su totalidad, me dediqué a bordear su dimensión. Era admirable su entrega y aunque la fatiga era obvia, su ideal por lograrlo se imponía. Mientras ella se dedicaba a su maravillosa faena, empecé a escuchar un murmullo musical que provenía desde el interior de la gran escultura esfera…

Parecía que aquella gran circunferencia tenía una multitud de vida interna y al percatarme de su rítmico sonido, me aproximé hacia mi amiga y le pregunté: "¿Los escuchas?" y alegremente me respondió que sí. "¿Quiénes son?", quise saber y dulcemente me explicó: "Son los Seres que aguardan para salir de ella. Han esperado encerrados una eternidad, sin embargo, quieren tanto a nuestro planeta, que se han sacrificado mucho para que llegue este momento en el que pueda que se reafirmen sus existencias. Ellos son quienes posiblemente habitarán en la nueva Tierra". "¿Posiblemente?". "Sí, Krita, está en tus manos dejarlos salir…". "¿Dices que está en mis manos?". "Sí", me respondió y prosiguió su trabajo dejándome un tanto pensativa: "No es posible que en un solo Ser se finque la esperanza de una nueva vida, cuando en mi planeta existimos tantos seres, como reinos con nuestra propia y gran inteligencia…" pero, en fin, ese era su parecer y no me iba a detener, tenía tanto por hacer. A continuación, le dije que seguiría mi viaje y que pronto nos íbamos a ver y ella dulcemente me respondió: "Te daré este poco de mi miel, para que te de la energía que necesitarás", y así fue…

La quinta grada que había escalado para encontrarme con mi amiga alquimista que limpia la inmensa esfera, se volvió a situar frente a mí. Al colocarme sobre ella, crecía de tal forma que me encontré haciendo un viaje repentinamente sobre un estrado redondo y claro, dentro de una gruta que mostraba con transparencia el espíritu de Rhom. "Estoy listo Krita. Todas las compuertas están inter-conectadas y esperan tu señal para inundar al planeta de mi cristalino fluido. Cuando esto suceda todas las especies que vibran apegadas al mal sucumbirán, debido a que mi transparencia no es compatible con sus vidas y vibrará en la Tierra la Nueva Humanidad. Al terminar, le mandaré a la alquimista un mensaje con el gorrión y el sauro, quienes se han ofrecido para volar hacia el señor de los vientos. Cuando él los escuche, los podrá conducir para abrir esa gran esfera de donde surgirá la nueva raza pacifista".

"¿Y quién ha planeado ese asesinato en masas? No crees que ya ha habido suficientes escenarios violentos. No sabes que ya han muerto familias enteras por decisiones abruptas y mezquinas. **No consideras que debemos planear algo totalmente diferente a la violencia crónica que ha habitado en el planeta haciendo tanto daño.** Empezar una nueva era con los mismos principios que han gobernado sobre este planeta, es tomar los instrumentos inadecuados con los que los malvados han actuado y no estoy dispuesta a ser parte de un proyecto que matando se va a afirmar. Te agradezco mucho Rhom, sé que es buena tu finalidad de plantar una nueva siembra, sin embargo, prefiero que nos hundamos, antes de obrar con el mal".

"Espera Krita, tienes toda la razón. El deseo para que impere el bienestar me hizo no discernir lo que me acabas de mostrar. Te agradezco por esta gran lección".
"Solamente hemos de discernir que, para asentar un bien, hay que proceder unidos a su vibración".

El quinto peldaño por el cual me desplazaba continuó llevándome a través del amplio túnel en el cual intempestivamente apareció una puerta que se abrió. Sobre un mueble dorado había un libro de cristal, al que gradualmente me acerqué. Era fascinante estar frente a él. Al tocarlo no dude en pasar algunas de sus páginas, entre las cuales había citas alusivas a la Paz, al respeto que entre las distintas sociedades debería imperar. Era tan maravilloso estar frente a su vibración, debido a que quienes habían dejado sus huellas habían edificado valores dignos a imitar. Luego de reafirmar y de aprender lecciones a través de sus tan bellos escritos, tomé un tintero parecido al que he usado cuando suelo escribir y al terminar de grabar con aquella tinta dorada lo que me proponía hacer, pensé que dadas las circunstancias era justificable finalizar el libro. Sentí que, si no lo hacía, podría ser que alguien más apareciera y que dejara escrito algo que podría mal orientar a las futuras generaciones. Con el permiso de mi consciencia colectiva y del afecto hacia mi planeta, decidí llevarme el tintero y la pluma conmigo y cerrar los escritos con este proyecto de **Amor por un mundo mejor**. Al terminar de escribir mi intención, en voz alta pedí: "Deseo situarme en la grada número seis".

No había terminado de decir lo anterior, cuando empecé a andar y ante mis ojos se dibujó un edén en el cual el rítmico sonido de un corazón se agudizaba más y más. En los costados laterales me encontré con dos hadas, a quienes solemnemente saludé y al hacerlo se difuminaron a tal punto que no las pude ver... En el centro de ese maravilloso jardín me encontré con un joven que estaba pintando sobre un lienzo de papel. Gradualmente me acerqué hacia él, pude ver que dibujaba un planeta que pasaba de la oscuridad hacia una Luz azul, pero sobre ese mismo índigo, iba a aplicar la más oscura vibración... Al ver la dramática transición que dibujaba interesada le pregunté: "¿De qué se trata?". Y con tristeza me respondió: "De un paraíso que convirtieron en un campo minado de hambre y de dolor, el que estaba a punto de hacer una transición, por ello empezaba a aplicar este color azul, pero creo que deberé aplicar el más lúgubre porque ante lo que acaban de informarme, el planeta se hundirá".

Ante la trágica interpretación que hacía, quise saber: "¿De qué planeta hablas?" y sin vacilación me respondió que de la Tierra. "¿Qué te hace dudar que lo salvaremos y estar tan triste?". "Es que parece ser que han matado al último unicornio que podría ayudar a la prosperidad de la Tierra", me contestó. "¿Qué has dicho…?", muy impresionada le interrogué. "Lo que acaba de suceder", dijo él. "¿Adónde se encuentra el unicornio del que hablas?", indagué. "Al lado de la caja de cristal de cuarzo", me informó. "¿Adónde lo puedo encontrar?", ansiosa por llegar y constatar le pregunté, y él dijo: "Ven, que está aquí al lado".

El túnel por el cual entramos era todo de cuarzo rosa y al penetrar en él, mi prendedor iluminaba con su tonalidad aún más. El arpa ejecutaba la más bella sinfonía, cuando nos fuimos encontrando en nuestro recorrido con hadas y Seres que llevaban flores para depositarle al unicornio. Allá al fondo del amplio y claro túnel, logré descubrir a KhUBA, quien al verme me abrazó y me explicó que habían hecho todo por encontrar el cuerno de Asallam, pero que, pese a que habían cavado en el lugar indicado, no lo habían podido encontrar…

Me comentó que un hada les había narrado que un mago bajó para llevárselo y evitar que algún malvado lo lograra encontrar… Cuando lo escuché, con mucho Amor me acerqué hacia Sam, quien estaba tendido sobre un cristal con su fina capa afelpada que alguien le había traído desde su reino. Al verlo me di cuenta de que parecía brotarle desde la punta de su lindo cuerno, la última gota de vida. De inmediato saqué frente a él aquella bolsita minúscula que guardé en el Salón de Honor y antes de meter mi mano dentro de la misma, en el mismo momento en que con su último suspiro Sam le pedía a un hada, que se volviera a colocar las alas que hace mil años le había regalado; de mi puño emanó la punta del cuerno de su abuelo, la que en ese mismo momento le coloqué y justamente era del mismo tamaño del pedazo que algún malhechor le arrancó.

"¡Es demasiado tarde!", escuché entre los presentes; mientras mi profunda fe habló: "Con el más puro Amor de Asallam, te coloco lo que él dejó para que tu vivas eternamente. Sin un Ser como tú, la Tierra no podría vibrar plenamente feliz y la niñez moriría de tristeza. Tú formas parte importante de la magia y sin ella, ciertas historias importantes que hay que traer y concretar, no tendrían vida".

Tomé la llave de cristal que pendía adherida a mi prendedor, y dejando a Sam asistido afectuosamente por los presentes, corrí hacia el corredor donde estaba la caja de cristal de cuarzo de seis caras. Al llegar con el joven que me guió hasta ella y estar situada frente a ese maravilloso tesoro, escuché que su vibración era menor. "¡Ha disminuido dramáticamente su ritmo!", dijo él. Y efectivamente sufría del dolor de saber que Sam moriría y que con su cuerno no nos iba a poder salvar. Así fue como con cierta rapidez y con mucha delicadeza, intenté abrir la bellísima caja, la que era custodiada por una nueva y pequeña ave fenix, quien al verme con mi prendedor no puso objeción y automáticamente la caja de cristal de cuarzo de seis caras se abrió...

Cuando esto ocurrió me coloqué un pequeño residuo del fluido del cilindro que usó la amapola; lo puse entre las palmas de mis manos y me apliqué una gota de la miel que la alquimista me obsequió. **Tomé con toda mi ternura entre mis manos al grandioso corazón de mi planeta, lo elevé con mis dos brazos y convencida de que lo lograría, le afirmé: "¡TE SALVARÉ!".**

Al hacerlo, su pulsación fue mayor y al sentir su última esperanza que latía entre mi tacto, con profundo Amor le pedí a mi prendedor que me concediera un tercer deseo. Cuando lo vociferé, un estruendo con un rayo de luz apareció ante mis ojos y cuál fue mi sorpresa que con ellos se manifestó ante nuestros ojos el señor Destino.

Al hacerlo, él pronunció: "Krita, tienes dos posibilidades. Pedirle a tu prendedor algo que amas y que extrañas mucho desde hace tantos años, o pedirle el cristal que has de colocar en el Último Castillo que podrá reinar en la Tierra".

Al escuchar a mi sabio y maravilloso amigo, le expresé que ya había escrito en el libro de cristal lo que pediría y que le confirmaba al grandioso universo que me regalara ese deseo escrito. Y el señor Destino, al escucharme se sonrió, y en mi puño brotó mágicamente un cristal que coloqué en el centro del corazón de mi planeta, el cual tenía entre mis manos. **Como por arte de magia, del mismo empezó a edificarse un minúsculo castillo, el que conforme fue germinando entre mis manos y fue creciendo en tamaño, tuve que colocarlo en el lugar donde extraje el corazón.** De él se reflejaba una luz azul y a medida que crecía como mágicamente en sus proporciones, pudimos apreciar que era el castillo más bello que jamás habíamos conocido.

Los presentes admirados afirmaban: "¡Es un milagro!". Otros se interrogaban: "¿Será verdad o estaremos soñando?"; mientras una voz conocida que venía desde el firmamento se empezó a aproximar y a escuchar con mayor claridad: "¡Es *El Último Castillo Azul*!" y al volver mi vista hacia arriba, me encontré con aquel maravilloso amigo de piel oscura y ojos color esmeralda, quien, despojado de sus lindas alas, era traído por aquella estrella fugaz.

"¡Qué alegría!", expresé llorando de emoción; mientras Dundra ladraba y el gorrión entonó: "¡Es Sam!". Cuando bajó a nuestro plano, lo abrazamos y en torno a él nos situamos, mientras otros seres empezaban a brotar; entre quienes había una saurita que hizo expresar al gracioso saltarín: "Creí que era el único ejemplar de mi especie", lo que nos contagió de tanta alegría.

En ese momento plenamente significativo para mi planeta Tierra, Sam se colocó frente al castillo que se edificaba y que crecía y expresó: "¡Es el más bello que he visto! Sus cimientos son construidos con los aprendizajes anteriores y está repleto de Amor. Me siento feliz de estar entre ustedes celebrando el comienzo de una nueva era".

Cuando esto sucedió, noté que el joven pintor corrió a colocar sobre su lienzo aquel azul que se le impregnó al planeta. También vi venir a la abeja, quien a diestra y siniestra regaba miel por cada siembra de las que brotaba una magnificente Naturaleza. A su lado apareció el señor Destino, quien habló en voz alta y pronunció: **"Las tendencias inhumanas conducían al planeta a una hecatombe, sin embargo, la Fe y el Amor con los que algunos Seres se vistieron, gradualmente fueron logrando revertir el daño que parecía irreparable.** Los Seres humanos deben saber que, aunque hay algunas situaciones predeterminadas, son ellos los arquitectos de sus propios caminos. Y así como ahora han edificado el más maravilloso Castillo Azul, deberán cuidarlo para preservarlo libre del mal". Al escuchar la reflexión de nuestro sabio amigo, KhUBA tomó la palabra y expresó: **"En la Nueva Tierra, el Amor deberá dirigir la vida de cada terrícola"**, sentimiento muy hondo que fue recibido entre un mar de aplausos; mientras la magmática apareció y dijo: "Creo que esto amerita una condecoración".

A continuación, apareció aquella linda anciana, quien en nuestro carruaje volador se detuvo sonriente y al bajarse se situó frente a mí, lo que aproveché para decir: "Linda señora, deseo darle las gracias por la protección que me brindó durante tantos años. De no haber sido por usted, no hubiera podido sobrevivir ante tanta catástrofe".
Y con voz muy dulce me expresó: "Yo solamente escuché tus deseos y con el tiempo me fui dando cuenta de los dones que encierras. Ha sido una bendición haberte protegido, **pues con tus sabias decisiones has cuidado el alma noble de tu hogar, la Tierra.** He venido para coronarte en nombre de todos los reinos que coexisten mútuamente en la Tierra y a pedirte que aceptes que te coloque esta corona que ha tejido el reino mineral, el que te está muy agradecido".

Así fue como Sam se me aproximó, tomó la tiara y se la dio al espíritu de la naturaleza. Cuando esto sucedió, se escuchó una melodía plena de armonía que procedía del vasto universo. Teniendo tan grandioso escenario musical como fondo, la linda anciana con la corona entre sus manos y colocándola sobre la joven enunció: "Desde este momento, las cualidades de Krita serán las que reinarán en el trono de la Tierra y quien no las desee cumplir, no podrá vivir en *El Último Castillo Azul*, el que día a día crecerá e inundará a toda la superficie terrenal". "Así sea", todos respondieron, mientras paulatinamente se fueron abriendo las compuertas del castillo.

Y mientras eso ocurría, el saurito indagó: "¿Puedo pasar?" y el señor Destino le respondió: "Es tu decisión, como también lo será tu manera de obrar. Pero recuerda Sauro, que cada acto que hagas tendrá una consecuencia". Entonces contestó: "Cuidaré de que el único Castillo Azul que existe sobre la faz de la Tierra, no se extinga".

"También yo le seré leal toda la vida", meneando su corta cola mencionó Dundra, mientras se adentraba al lado del bailarín. Luego ingresaron al castillo los niños corriendo y cantando al lado del gorrión, mientras la alquimista le depositaba una gota de su miel a cada uno de los que se acercaban al palacio de cristal para entrar. "¿Por qué lo haces?", quizo saber KhUBA. "Para revestirlos del bien", le contestó, y amorosamente entraron abrazados.

Todo me parecía como si fuese un lindo sueño, en el cual la bondad había brillado para triunfar. Cuando puse mi pié sobre el piso del castillo, un sentimiento de plenitud me envolvió y de inmediato me situé frente al séptimo escalón, a través del cual mágicamente llegué hasta la torre del castillo.

Desde allí observé lo que edificamos con Amor y proclamé que quienes reinarían en *El Último Castillo Azul,* serían todas las grandes virtudes que nos harían convivir en Paz. Cuando lo vociferé, Sam y la fugaz se aproximaron hacia mí y antes de partir me dijeron: "Cuando piensen en nosotros, vendremos a posarnos a esta elevada torre y narraremos con agrado, historias mágicas que han de vivir en cada corazón".

"¿Y a propósito, tú crees en Rhom?". "Definitivamente que lo creo, es más, ya lo he visto y he nadado dentro de él…". "Entonces también crees en la alquimista?", "Si he visto lo que hace con su miel, como no creer en la despetrificadora que le devolvió la vida a mi amigo el sauro". "¿Y de verdad existe ese Ser?", "Llámalo desde tu corazón y verás lo maravilloso que es…".

Y así culmina la historia de un Castillo del más Azul Cristal, donde KhUBA prevaleció y en el que una nueva convivencia resurgió. Ahora depende de ti, que viva para siempre *El Último Castillo Azul* y que nunca se acerque a sus dominios lo que no deseamos ver… "Espera Krita, tengo una pregunta, ¿qué sucederá con el cristal que pende en el Salón de Honor?"."Lo que ocurra dentro de ti, lo hará expandirse o lo comprimirá. Si obras desde el

Amor, escucharemos una melodía musical maravillosa que vibrará eternamente". "¿Y el corazón de la Tierra, cómo está ahora?". "Si el tuyo está vibrante de felicidad, el cristal se expande y el latido de la Tierra, cómo crees que ha de estar...". "Todavía hay algo más Krita...". "Por de pronto debo cerrar la puerta del castillo, pero antes de hacerlo haremos con la alquimista una gran burbuja de miel, ¿nos ayudas con tu magia para hacerla crecer...?". "Y si crece, viviremos en la Tierra como si fuésemos astronautas, todo el planeta tendrá una aureola de miel y lo que toca la dulzura de la despetrificadora, se hace dulce como es ella", dijo el sauro bailando y ese baile contagió a los presentes hasta el amanecer...

¡Despierta, ya no sueñes, forma parte de esta fiesta que celebra una nueva vida en tu planeta!